Wolfram Kühnert
Verlag für Belletristik & Reiseliteratur

Tierisch verrückt

von

Claudia Edelmann

Claudia Edelmann

Tierisch verrückt

Zeichnungen
von
Karl Sewastianiuk

Kontakt zur Autorin:
autor@claudia-edelmann.de
www.claudia-edelmann.de

1. Auflage Oktober 2009

Zeichnungen: Karl Sewastianiuk
Layout Umschlag: Claudia Edelmann
Gedichte: Alexander Märzendörfer
Druck: Druckerei & Verlag Steinmeier GmbH, Deiningen
ISBN 978-3-9813220-0-2

Die Katze

Die Katze ist sehr launenhaft
und seltsam obendrein,
sie schmiegt sich selig an dich
und krallt sich in dein Bein.

Doch willst du mit ihr schmusen,
dann läuft sie weg gewitzt.
Da wird dem Katzenhalter klar,
wer wirklich wen besitzt.

Inhaltsverzeichnis

1

Paul auf Abwegen

Sie sah wirklich hübsch aus, wenn sie schlief. Bewundernd betrachtete ich sie von der Seite. Doch leider konnte ich keine Rücksicht mehr nehmen, denn ich musste dringend mein Geschäft erledigen. Energisch legte ich daher meine Pfote auf ihren Arm und fing an zu winseln. Nach ein paar Sekunden sah sie mich mit glasigen Augen an.

„Ach Paul, noch ein halbes Stündchen." Sie seufzte, drehte sich um und schlief weiter.

Ich hatte ja Verständnis für mein Frauchen, schließlich war sie erst heute Morgen nach Hause gekommen. Eine starke Alkoholfahne war mir entgegen geschlagen, als sie mich kurz streichelte, um gleich danach erschöpft ins Bett zu sinken. Ganz sicher hatte sie viele Erdbeer-Margaritas getrunken, die mochte sie nämlich am liebsten.

Schuld an dem Elend war Torsten, ihr neuer

Freund, der sie jedes Wochenende in eine Bar schleppte. Seit es ihn gab, litt meine Blase enorme Qualen, weil ich Katja zur gewohnten Zeit nur mehr mit Protest aus dem Bett bekam.

Bevor Torsten kam, führten wir eine harmonische Zweierbeziehung. Ich war der Mann in ihrem Leben, daran bestand kein Zweifel. Wir waren ein attraktives Paar und wenn wir spazieren gingen, folgten uns anerkennende Blicke. Eine zart gebaute Frau hing an einer großen Leine, die von einem imposanten Doggerüden geführt wurde. Schon der Gedanke daran erfüllte mich mit Stolz.

Aber Schluss mit Schwärmen, ich musste dringend raus. Erneut trat ich ans Bett, Katja rührte sich nicht. Ich zog die Decke weg und jaulte noch einmal auf. Das wirkte.

„Ist ja schon gut Paul, ich komm ja schon."

Schwanzwedelnd lief ich zur Tür, meine Leine im Maul. Frauchen ging noch kurz ins Bad, ich hörte die Toilettenspülung und den Wasserhahn. Wenig später war sie bereit zum Aufbruch. Sie trug ihren Jogginganzug und Sportschuhe. Das wird eine feine Sache, mit Frauchen um die Wette laufen!

*

Wir verließen das Haus und bogen rechts in den Waldweg ein. Sofort steuerte ich einen Baum an, an dem ich mein Bein hob. Endlich, welch eine Erlösung.

Mein Frauchen war vorausgetrabt, aber innerhalb kurzer Zeit holte ich sie ein. Sie sah noch etwas angeschlagen aus, das musste ich zugeben, aber die frische Luft würde ihr sicher gut tun. Welch ein Glück, dass sie mich hatte. Ich wusste immer, was am besten für sie war.

Aber jetzt würde ich mir zuerst ein bisschen Auslauf gönnen. Damit mich Katja nicht vom Streunen abhielt, gab ich mich in einer der Stauden sehr beschäftigt und schnüffelte wichtigtuerisch herum. Aber sie beachtete mich nicht weiter, - das war meine Chance. Rasch verschwand ich in den Büschen und lief auf die Waldlichtung zu.

Doch kaum, dass ich den Wald verlassen hatte, stieg mir der Duft von gebratenem Huhn in die Nase. Hastig folgte ich der Spur und mein Blick fiel auf ein Pärchen, das es sich in einigen hundert Metern Entfernung auf einer Decke gemütlich gemacht hatte. Diverse Köstlichkeiten waren vor ihnen ausgebreitet, doch anstatt das wunderbare Essen zu genießen, knutschten die beiden herum. Mir hingegen knurrte der Magen. Schon beim Hinschauen lief mir das Wasser im Maul zusammen. ´Gebratene Hühnerbeine´, - die Worte klangen wie Musik. Ich werde mir eines holen, beschloss ich. Ich blickte mich um, Katja war nirgends zu sehen, aber ich war mir sicher, dass sie meine Entscheidung verstehen würde.

Vorsichtig schlich ich mich an. Die letzten Meter legte ich auf dem Boden robbend zurück, schließlich wollte ich ungesehen bleiben. Das gebratene Huhn lag in einer Schüssel. Es lachte mich förmlich an, und ich vergaß meine gute Erziehung. Doch gerade als ich zuschnappen wollte, hob die Frau ihren Kopf.

„Was ist das denn für ein riesiges Ungetüm?“

Sie fing hysterisch an zu schreien und krallte sich ängstlich an dem Mann fest. Der sprang von der Decke auf und sah mich entsetzt an. Ich stand bewegungslos da und starrte entschlossen zurück, nicht bereit auf das Hühnerbein zu verzichten, das nur wenige Zentimeter von mir entfernt war. Sekundenlang standen wir da, Auge in Auge. Doch ich ließ mich nicht beirren. Sehnsüchtig dachte ich an das Hühnerbein.

Der Mann gab schließlich nach. Mit der Frau an der Hand, trat er langsam den Rückzug an. Sie entfernten sich Meter um Meter, und ich sah das als

Einladung an, mich zu bedienen. Während die Beiden auf einen in der Nähe gelegenen Baum kletterten, streckte ich mich entspannt auf der Decke aus und genoss die Hühnerbeine. Sie waren wirklich köstlich, ganz zart und saftig. Ich vergaß alles um mich herum und stöberte auch in den anderen Schüsseln umher. In einer war Quarkcreme, - ich liebe Quarkcreme. Nach etwa zehn Minuten war die Schlacht geschlagen.

„Pauuul, Pauuul." Oh Gott, mein Frauchen! - Das hatte ich ganz vergessen. Ich warf noch einen Blick auf die Zwei im Baum. Die hatten bestimmt einen herrlichen Ausblick von dort oben. Zum Abschied wedelte ich noch kurz mit dem Schwanz, dann trabte ich zufrieden davon. Ich konnte mich nicht beschweren, für mich hatte der Tag gut begonnen.

2

Ein Gast für eine Nacht

„Ein Schuss hallte in der Dunkelheit. Jane verbarg sich hinter dem großen Baum, der gleich neben dem alten Schuppen stand. Sie hatte Angst, furchtbare Angst. Jeden Moment konnte der Mörder wieder zuschlagen."

Mit einem Gähnen schlug ich das Buch zu und legte es weg. Ich hasste Krimis, aber immer wieder fiel ich auf einen herein. Ich sah auf die Uhr, es war Zeit, dass ich mit meiner Arbeit begann.

Doch gerade als ich mich an den Schreibtisch gesetzt hatte, läutete es. Stefan, mein Nachbar, stand vor der Tür. Muffin hing auf seiner Schulter und sah mich neugierig an. Mein Blick fiel auf einen Korb, der mit Spielsachen, einer Schlafdecke und Obst bepackt war.

„Petra, bitte entschuldige, dass ich dich so überfalle. Aber ich muss geschäftlich weg und wollte fragen, ob du eventuell solange auf Muffin aufpassen kannst? Morgen bin ich wieder zurück."

´Petra Hofmann, Waschbär-Sitter´, das klang wirklich gut! Mit Waschbären hatte ich zwar noch keine Erfahrung, aber Muffin war so ein flauschiger Kerl. Wir würden bestimmt viel Spaß miteinander haben.

„Klar Stefan, kein Problem", sagte ich deshalb mit betont überzeugter Stimme. „Wir zwei werden uns sicher prima verstehen."

Stefan kraulte Muffin noch einmal den Kopf. Wenig später war ich mit dem Tier allein.

Muffin hatte sich auf dem Sofa ausgestreckt und spielte mit seinem Gummiball. Ich setzte mich zu ihm und reichte ihm eine geschälte Banane. Sofort griff er danach. Er hatte goldige kleine Vorderpfoten, die aussahen wie Hände, und wenn er fraß, war er ganz zauberhaft.

Doch leider hatte ich keine Zeit, mich weiter mit Muffin zu beschäftigen. Morgen früh war Abgabetermin bei der Zeitung, für die ich tätig war und mein Artikel war noch nicht fertig. Aber wie sollte ich Muffin in der Zwischenzeit beschäftigen? Vielleicht konnte ich ihn zum Schlafen überreden. Um es ihm schön kuschelig zu machen, breitete ich seine Decke auf dem Sofa aus und legte ihn in das Nest, das ich geformt hatte. Sanft tätschelte ich ihm den Kopf und summte ein Gute-Nacht-Lied. Muffin schien es zu gefallen, denn innerhalb weniger Minuten war er eingeschlafen.

*

„Geschafft!" Der Artikel war fertig und ich hatte ihn bereits per E-Mail an den Redakteur geschickt.

Ich streckte mich und beschloss, mich mit etwas Schokolade zu belohnen.

Muffin lag noch immer friedlich auf dem Sofa. Er war pflegeleichter, als ich erwartet hatte. Als ich aufstand, hob er den Kopf und quietschte.

„Du hast sicher Hunger, mein Kleiner. Gleich bekommst du etwas zu fressen."

Muffin sprang aufgeregt auf dem Sofa herum. Ich reichte ihm eine Birne, die er vorsichtig entgegennahm. Doch anstatt hineinzubeißen, lief er damit in den Hausflur.

„Muffin, wo willst du denn hin?" Neugierig folgte ich ihm. Muffin war ins Bad eingebogen und stand vor der Toilettenschüssel. Den Deckel hatte er bereits hochgeklappt. Im nächsten Moment hängte sich Muffin in die Schüssel und fing an, die Birne zu waschen. Mit einem Händchen hielt er die Frucht fest umschlossen, während er mit dem anderen Wasser auf das Obst schaufelte.

„Was soll das denn jetzt werden? Nimm sofort den Kopf aus der Kloschüssel!"

Das Wasser spritzte an die Wände und ich versuchte verzweifelt, ihn von der Schüssel wegzureißen. Doch Muffin wehrte sich, indem er mit den Hinterbeinen nach mir trat und wild fauchte.

„Ist ja schon gut, - dann wasch deine blöde Birne." Ich ließ von ihm ab und wartete, bis er mit seiner gereinigten Beute wieder abzog. Dann wischte ich das Wasser auf, das Muffin großzügig im Bad verteilt hatte.

Im nächsten Moment hörte ich ein Krachen. Ich warf den Lappen in den Eimer und lief ins Wohnzimmer zurück. Muffin saß auf dem Fensterbrett und war damit beschäftigt, die Blumen aus den Töpfen zu reißen. Die Töpfe warf er sofort auf den Boden, wo sie zerbrachen, dann untersuchte er die Pflanzen, um schließlich auch sie fallen zu lassen.

„Wirst du wohl damit aufhören!" Mit einem großen Sprung hechtete ich auf ihn zu, doch bevor ich ihn zu fassen bekam, rutschte ich auf der Blumenerde aus und stürzte mit großem Gepolter zu Boden.

„Verdammtes Biest!", fluchte ich wütend. Muffin saß immer noch auf der Fensterbank und beobachtete mich amüsiert. Wenn das so weiterging, würde meine Wohnung bis morgen einem Trümmerhaufen gleichen.

„Ich werde dich nicht mehr aus den Augen lassen. Hast du verstanden?" Mit einem Quietschen verließ Muffin die Fensterbank und sprang auf das

Sofa. Wenig später lag er brav auf meinem Schoß und ließ sich den Bauch kraulen.

Gegen Mitternacht ging ich zu Bett. Muffins Decke legte ich ans Fußende und platzierte ihn darauf. „Schlaf gut Muffin und wage es ja nicht, das Schlafzimmer zu verlassen."

Irgendwann am frühen Morgen wurde ich wach. Ein seltsames Geräusch drang von der Küche ins Schlafzimmer. Ich schaltete das Licht ein und registrierte die leere Decke zu meinen Füßen.

„Muffin, wo bist du?“ Vorsichtig schlich ich ins Wohnzimmer. Was ich dort sah, überstieg meine Vorstellungskraft. Muffin thronte auf dem Sofa, seine Krallen umfassten eine Weinflasche. Im ganzen Zimmer verstreut lagen ungekochte Nudeln und aufgerissene Verpackungen. Direkt neben sich hatte er einen Nudelberg errichtet. Er stopfte die Nudeln in sich hinein als wären es Kartoffelchips. Doch die Verwüstung reichte noch weiter. Die Küchenschränke standen weit offen, Reis, Mehl, Semmelbrösel, Senf, alles lag wild durcheinander auf dem Küchenboden. Selbst vor dem Kühlschrank hatte er nicht Halt gemacht. Eier lagen aufgebrochen auf den Fliesen und vermischten sich mit Salatblättern und frischen Kräutern, die er zuerst abgefressen und dann achtlos in den Haufen geworfen hatte. Es herrschte das komplette Chaos. Offenbar hatte er auch seinem Waschtrieb gefrönt, denn der Wasserhahn lief.

Ich war wütend. Am liebsten hätte ich ihn erwürgt. Von wegen, der Kleine ist ganz brav! Ich hatte nur Scherereien mit ihm!

Ich verbrachte Stunden damit, das Durcheinander zu beseitigen. Muffin schlief währenddessen auf dem Sofa. Der Wein hatte ihn müde gemacht.

Als es dämmerte war ich mit der Aufräumaktion fertig. An Schlaf war nicht mehr zu denken. Ich bereitete mir eine große Kanne Kaffee und bewachte Muffin.

*

Es war schon später Vormittag, als es an der Tür läutete. Müde und abgekämpft öffnete ich.

„Petra, du siehst aber fertig aus. Du hast wohl bis in die Morgenstunden gefeiert! Das solltest du nicht tun. In deinem Alter ist das ganz schlecht für den Teint. Aber ich muss weiter und danke fürs Aufpassen."

Noch bevor ich antworten konnte, packte Stefan Muffin und den Korb, hob die Hand zum Gruß und verschwand. Die Tür fiel ins Schloss und ich fasste einen Entschluss: Meine Karriere als Waschbär-Sitter hänge ich hiermit an den Nagel.

3

Alle Jahre wieder

Das kleine Dorf Burghofen war bekannt für seine üppigen Gemüsefelder und schön angelegten Gärten. Viele ältere Leute lebten hier und die Quote an Straßenbesen pro Einwohner lag weit über dem Durchschnitt. Die Gehwege waren daher blank gefegt, die Blumenrabatten meisterhaft gepflegt. Kein Unkraut wagte den Vorstoß ans Tageslicht, wissend, dass ihm sofort der Garaus gemacht werden würde.

Aber zum Leidwesen der Bürger drohte diese Ordnung einmal im Jahr völlig aus den Fugen zu geraten. Den Grund dafür lieferte Armin mit seiner Schafherde, der regelmäßig im August seinen Vater, Biobauer Hendrichs, besuchte. Nun sind Schafe an sich freundliche Tiere, die keiner zu fürchten braucht, doch durch zwei Mitglieder der Herde, Eduard und Fred, erlitt dieses friedliche Image einen gewaltigen Schaden.

Eduard passte eigentlich gar nicht in die Herde, denn er war kein Schaf. Unter den weißen Wollknäueln wirkte Eduard mit seinem roten Gefieder eher wie ein Stilbruch. Schäfer Armin aber war stolz auf seinen Papagei, der hervorragend Stimmen imitieren konnte. Für Armin, der den ganzen Tag einsam auf den Wiesen herum wanderte, bedeutete Eduard eine willkommene Abwechslung. Und dann gab es da noch Fred, den Schafbock mit nur einem Horn. Eduard und Fred gehörten zusammen. Sie waren am selben Tag zur Herde gestoßen und hatten sogleich einen Pakt geschlossen.

Bereits letzten Sommer hatten sie im Dorf für Wirbel gesorgt, indem sie Gemüsegärten geplündert, Biotonnen umgestoßen und sich wilde Hetzjagden mit der Politesse geliefert hatten. Unmengen an Klagen waren beim Bürgermeister eingegangen, der sich in der Verantwortung sah, dem Treiben so schnell wie möglich ein Ende zu setzen. Aber bevor er durchgreifen konnte, war Armin mit seiner Herde weitergezogen.

Es war daher nicht verwunderlich, dass die Sorge um das Wohl der Petersilie und Salatköpfe im Dorf wuchs, kaum dass der Ruf erschallte: „Armin ist mit seiner Herde im Anmarsch!“

Biobauer Hendrichs konnte das ganze Tamtam um ein paar Salatköpfe und ausgegrabene Blumenzwiebeln nicht verstehen. Er gab nicht viel auf das Geschwätz der Leute und widmete sich lieber den Vorbereitungen für den ersehnten Besuch. Er wollte, dass sich sein Sohn Armin und die Schafe bei ihm wohlfühlten und scheute keine Mühen.

Nachdem er irgendwo gelesen hatte, dass das Aufstellen von Schafportraits auf den Weiden gut für den Blutdruck der Tiere sei, ließ er riesige Plakate mit Schafköpfen drucken, die er dann auf seinen Wiesen platzierte. Keiner war sich sicher, ob das tagtägliche Grasen auf Deutschlands Weiden beim Schaf tatsächlich zu Bluthochdruck führte, aber niemand wagte es, Hendrichs zu widersprechen. Im Verborgenen amüsierten sich die Bewohner über seine komischen Einfälle. Beim Stammtisch erzählte man sich, das Hendrichs sogar eine Musikanlage auf den Weiden installiert hatte, um den Schafen irische Volksmusik vorzuspielen.

Zu Recht befürchteten die Bewohner, dass weder Schafplakate noch irische Hochlandweisen, Eduard und Fred von ihren hinterhältigen Attentaten abhalten würden. Es war wohl eher anzunehmen, dass den beiden nach monatelangem Herumstehen auf abgelegenen Weiden, auf denen sich Fuchs und Hase gute Nacht sagten, der Sinn nach etwas Abwechslung stand.

Nur zu gut erinnerte man sich noch daran, wie übel sie im letzten Jahr Pfarrer Heberl mitgespielt hatten. Zuerst hatten sie sein Kornblumenbeet verwüstet und dann hatte Fred noch die Frechheit besessen, des Pfarrers weiße Unterhosen von der Wäscheleine zu reißen und darauf herum zu kauen. Offenbar erinnerte sich Fred doch noch im letzten Moment daran, dass er keine Kuh war, sondern ein Schaf, weshalb er die angefressenen Hosen wieder ausspuckte.

Das war selbst dem Pfarrer zu viel gewesen, so dass dieser kurz darauf bei Schäfer Armin erschienen war und sich mächtig aufgeregt hatte.

Die Freveltat am Herrn Pfarrer hatte auf der Weide für dicke Luft gesorgt, denn Armin hatte den beiden eine kräftige Standpauke gehalten. Aber nicht genug damit. Die letzten Tage vor der Abreise musste Fred mit einer Kette am Fuß zubringen, die Armin an einem Holzpflock befestigt hatte. Jede Flucht war daher unmöglich und Fred ergab sich, deprimiert blökend, resigniert in sein Schicksal. Eduard hingegen saß auf Freds Horn und schimpfte über so viel Ungerechtigkeit.

Pfarrer Heberl hatte den Vorfall längst vergessen, doch für Fred stand fest, dass er dem Pfarrer sein Petzen heimzahlen würde. Der Pfarrer wusste nicht, dass Schafe ein sehr gutes Gedächtnis haben und sich bis zu fünfzig Gesichter ihrer Artgenossen merken können. Nun war der Pfarrer zwar kein Schaf, aber Fred würde das Gesicht einer Petze sein ganzes Schafleben lang nicht vergessen.

*

Seit ein paar Tagen war Armin mit seiner Herde nun im Dorf. Bauer Hendrichs hatte kurz nach Armins Ankunft auf dem örtlichen Postamt mitgeteilt, dass Eduard und Fred völlig unter Kontrolle seien und es nichts zu befürchten gab. Am Anfang war man skeptisch gewesen, doch bis jetzt war alles ruhig geblieben. Die Anspannung unter den Bürgern begann sich langsam zu legen. Die brütende Augusthitze tat ihr übriges, bereits am frühen Vormittag zeigte das Thermometer fünfundzwanzig Grad.

Der arme Pfarrer Heberl durfte sich selbst an solch extrem heißen Tagen nicht seines schwarzen Anzugs entledigen, und auch seine seelsorgerische Pflicht richtete sich nicht nach der Tagestemperatur.

Am frühen Nachmittag machte er sich daher auf den Weg, um einem kranken Schäflein seiner Gemeinde Trost zuzusprechen.

Irgendwo auf dem Weg zwischen dem Pfarrhaus und dem Haus des Bedürftigen muss es dann wohl zu der folgenschweren Begegnung gekommen sein, wie Bauer Alois am sonntägigen Stammtisch zu berichten wusste.

Verzweifeltes Geschrei ließ Alois während seiner Stallarbeit aufhorchen. Alois war schon immer ein Mann der Tat gewesen. Bewaffnet mit einer Mistgabel zog er daher los, um der Sache auf den Grund zu gehen. Er folgte den wehleidigen Rufen und fand den Herrn Pfarrer Schweiß gebadet in der Telefonzelle. Fred drückte sich am Telefonhäuschen seine Nase platt und blökte aggressiv. Auf seinem Horn saß Eduard und kreischte, dass einem die Ohren wehtaten.

Alois kam Pfarrer Heberl sofort zu Hilfe, doch erst nachdem er den Besetzern mit der Mistgabel gedroht hatte, machten sie sich aus dem Staub.

Eduard ließ ein „Wir müssen fliehen, Attacke!“, erschallen, und wie auf Befehl galoppierte Fred, laut mähend und mit wehenden Schafsohren davon.

Nachdem die zwei abgezogen waren, verließ

Pfarrer Heberl völlig zerstört sein brütendes Gefängnis. Das wenige Haar, das sein Haupt zierte, fiel ihm strähnig in die Stirn.

„Du hast mir das Leben gerettet, Alois. Aber denen werde ich es zeigen. Mein ist die Rache, spricht der Herr!“

Als er sich mit einem riesigen Taschentuch den Schweiß aus der Stirn gewischt hatte, stapfte er wild entschlossen zum Gehöft Hendrichs. Das kranke Gemeindemitglied musste warten.

Was genau sich bei Hendrichs abgespielt hatte, wusste niemand. Am darauffolgenden Sonntag erschien Armin mit seinem Vater in der Kirche und Pfarrer Heberl registrierte wohlwollend, wie Armin einen großen Geldschein in die Kollekte legte. Eduards und Freds Sünden waren damit gesühnt, und so konnte es auch im nächsten Jahr wieder heißen: Eduard und Fred sind zurück. Haltet eure Salatköpfe fest!

4

Auf gute Nachbarschaft

Seit über einer halben Stunde robbte ich nun durch die Salatbeete und suchte nach dem verflixten Schlüsselbund, den Labradorrüde Poky hier irgendwo vergraben hatte. Im Haus bellten die anderen Hunde. Sie hatten Hunger und brauchten dringend Auslauf, aber ohne den Schlüssel konnte ich die Türe nicht öffnen.

„Poky, wo hast du den Schlüssel vergraben?“ Ärgerlich fixierte ich den Hund, aber Poky wedelte nur mit seinem buschigen Schwanz.

Vor fast einem Jahr hatte ich die Hundepension eröffnet, und seitdem beherrschte das Chaos mein Leben. Nicht, dass das vorher anders gewesen wäre, aber jetzt gab es mehr Beteiligte und noch mehr Fettnäpfchen als zuvor. Fünf Hunde konnte ich derzeit meine Gäste nennen. Dazwischen tummelten sich meine zwei Mischlinge Sugar und Cane und der dreibeinige Langohrhase Harry.

*

Der Schlüssel blieb unauffindbar und mir blieb nichts anderes übrig, als zu meiner Freundin Edith zu laufen, die ein paar Straßen von mir entfernt wohnte, um bei ihr den Ersatzschlüssel zu holen, den ich vorsichtshalber dort deponiert hatte.

Edith hatte auch Neuigkeiten für mich. Leider keine guten.

„Gestern war ich im Supermarkt und stell dir vor, wer vor mir an der Kasse war!"

Ich sah sie erwartungsvoll an. „Keine Ahnung. Sag's mir."

„Deine Nachbarn, die Basenbergs."

„Du meinst, die Schreckschraube und der Wichtigtuer."

„Genau die."

„Und?"

„Sie haben bei der Verkäuferin über dich gelästert. Natürlich haben die anderen Kunden das auch gehört."

„Diese Basenbergs machen mich noch wahnsinnig. Haben die keine anderen Probleme!", stöhnte ich.

„Offenbar nicht."

„Na dann gehe ich am besten schleunigst nach Hause, bevor die Polizei kommt und mir wegen der bellenden Hunde eine Anzeige wegen Ruhestörung in den Mittagsstunden verpasst!"

Auf dem Heimweg schimpfte ich leise vor mich hin. Konnten die Basenbergs mich nicht einfach in Ruhe lassen? Die beiden hatten einfach zu viel Zeit. Während der Sommermonate saßen sie den ganzen Tag auf ihren Liegestühlen. Ganz verzückt bewunderte Alfons Basenberg dann seinen gepflegten Rasen, während seine Gattin in einem ihrer schrecklichen Kitschromane las.

*

Ich erinnerte mich noch gut an meinen Einzug

im letzten Sommer. Argwöhnisch hatten Basenbergs mich dabei beobachtet, wie ich Möbel, Wäsche und Unmengen von Hundefutter ins Haus getragen hatte. Keine Stunde später, ich war gerade dabei das Schild mit der Aufschrift „Antonias Hundehotel - Das Paradies für Ihren Liebling“ am Gartenzaun anzubringen, fuhr die Polizei vor. Es wäre ein Hinweis eingegangen, dass auf meinem Anwesen der begründete Verdacht des Anbaus von Haschischpflanzen vorläge, so Wachtmeister Besenbrink. Besenbrink sah mich durchdringend an und kurz darauf examinierten er und sein Kollege das Gelände. Aber außer meinen mannshohen Yuccapalmen und ein paar armseligen Tomatenstauden konnten die beiden nichts Auffälliges entdecken.

Als dann, ein paar Wochen später, meine ersten Pensionsgäste anreisten, gab es den nächsten Ärger. Ab und zu entwischte einer der Hunde durch die Hecke und hinterließ auf Basenbergs gepflegtem Rasen einen unschönen Haufen. Captain, ein Jagdhund, hatte sogar ein Loch gegraben. Die Basenbergs verehrten ihren Rasen und wussten natürlich sofort, aus welcher Richtung die Sabotage kam. Unter Androhung von Gezeter und Mordio warfen sie die Hundehaufen demonstrativ auf mein

Grundstück und Herr Basenberg kündigte an, wegen Beschädigung fremden Eigentums „Schritte gegen mich einzuleiten", wie er sich ausdrückte.

Basenbergs Katze Monki waren die Drohungen ihres Herrchens egal. Ihr gefiel es bei mir und auch die Hunde mochten das anschmiegsame Tier. Oft lagen Hund und Katze zusammen auf einer Decke und putzten sich gegenseitig. Davon ahnten Basenbergs natürlich nichts.

Um das Verhältnis zu meinen Nachbarn nicht weiter zu strapazieren, achtete ich darauf, dass die Hunde in meinem Garten blieben und auch sonst versuchte ich, keinen Anlass zur Klage zu geben. Die letzten Monate waren daher ruhig verlaufen.

Umso überraschter war ich deshalb, dass sie jetzt wieder Stimmung gegen mich machten. Ich nahm mir vor, mich durch Basenbergs neue Hetzkampagne nicht irritieren zu lassen. Glücklicherweise gaben auch die Hundebesitzer in der Gegend nichts auf das Geschwätz, was meine gut belegten Hundeboxen bewiesen.

Doch wenig später führte mir Herr Basenberg noch einmal deutlich vor Augen, dass er in keiner Weise an einem friedlichen Nachbarschaftsverhältnis mit mir interessiert war.

*

An diesem Nachmittag wollte ich auf dem Dach ein paar Schindeln austauschen. Die Leiter hatte ich bereits aus dem Schuppen geholt und neben der Haustür an die Wand gelehnt. Die Hunde lagen entspannt auf der Wiese und auch Monki hatte sich vor einiger Zeit zu uns gesellt. Gerade eben hatte er es sich mit Dalmatiner Josh im Hundekorb gemütlich gemacht. Beide lagen friedlich nebeneinander und träumten selig.

Ich freute mich an dem Idyll und stieg lächelnd die Leiter hinauf. Aber gerade als ich auf dem Dach mit meiner Arbeit beginnen wollte, hörte ich das quietschen des Gartentores. Da ich keine neuen Pensionsgäste erwartete, war ich neugierig, wer um die Ecke kommen würde. Es war Herr Basenberg. Sein Gesicht war puterrot und in der Hand hielt er einen Holzknüppel. Wachtmeister Besenbrink folgte ihm schnellen Schrittes. Sofort sprangen die Hunde auf und fingen hektisch an zu kläffen.

„Er ist bestimmt hier", schrie Basenberg, der sich von dem Gebell nicht irritieren ließ.

Fragend blickte ich nach unten. Herr Basenberg, der mich noch nicht bemerkt hatte, stürmte an der

Leiter vorbei zur Haustür, die weit offenstand.

„Ich bin mir sicher, dass diese blutrünstige Bande etwas mit dem Verschwinden von Monki zu tun hat! Aber da du ja offenbar nicht in der Lage bist durchzugreifen, werde ich es tun."

„Beruhig dich Alfons und lass mich das regeln", hörte ich den aufgeregten Wachtmeister sagen.

„Da ist mein Monki!", rief Basenberg aufgebracht. „Der Köter hat ihn schon umgebracht. Er bewegt sich nicht mehr."

Mit einem Satz stürzte Basenberg ins Haus. Josh hatte offenbar kein Verständnis für die plumpe Störung seines Schlafes, denn er fing heftig an zu bellen.

„Tu das nicht Alfons!“, rief Besenbrink. Ich hatte keine Ahnung, was da unten vor sich ging, aber offenbar fuchtelte Basenberg mit dem Holzknüppel vor Josh herum.

Jetzt galt es, das Schlimmste zu verhindern. Gerade als ich die Leiter zur Hälfte herunter gestiegen war, verließ Basenberg langsam das Haus. Den Knüppel hatte er auf Josh gerichtet und Wachtmeister Besenbrink stand, offenbar starr vor Schreck, tatenlos daneben. Josh hatte seinen Kamm aufgestellt und fletschte die Zähne.

„Was zum Teufel tun Sie hier auf meinem Grundstück?“, rief ich von der Leiter herunter.

Mit einem Satz drehte sich Herr Basenberg um und schwang den Knüppel über seinen Kopf. Ich sah mein Ende schon kommen und schloss die Augen. Mit voller Wucht krachte der Knüppel gegen die Leiter. Ich konnte mich nicht mehr halten, geriet ins Taumeln und stürzte zu Boden. Dann verlor ich das Bewusstsein.

Als ich wieder zu mir kam, lag ich auf einer Gartenliege. Mein Rücken wurde von weichen Kissen gestützt und auf dem Tischchen neben mir stand eine Kanne Tee und ein Teller mit Gebäck. Mein rechter Fuß war bandagiert und mein Kopf schmerzte.

„Sie kommt zu sich!“, hörte ich eine aufgeregte Frauenstimme sagen.

Im nächsten Moment standen die Basenbergs vor mir. Herr Basenberg blickte mich schuldbewusst an und nestelte an dem Blumenstrauß herum, den er in der Hand hielt.

„Na los“, drängte seine Frau.

Herr Basenberg räusperte sich umständlich.

„Das wollte ich nicht. Können Sie mir verzeihen?“, fragte er kleinlaut und streckte mir die Blumen entgegen.

Was soll ich sagen? Diese Geste war der Beginn einer wunderbaren Freundschaft. Herr Basenberg entpuppte sich als vorzüglicher Handwerker und großer Hundefreund. Innerhalb weniger Wochen hatte er die Hundezwinger repariert und auch sonst ging er mir regelmäßig zur Hand. Auf eine Leiter bin ich seit dem Vorfall allerdings nicht mehr gestiegen, das macht jetzt Alfons für mich.

5

Ein Zuviel an Tristesse

Es war reiner Zufall, dass ich an diesem Abend auf Herrn Fuhrmann landete. Nach zwei Wochen auf dem haarigen Bobtail war es Zeit, mal wieder den Wohnsitz zu ändern. Bei der Fahrt mit der Linie 60 machte ich daher einen großen Satz und plumpste auf den Mantelkragen eines unscheinbar wirkenden Mannes, der gerade seine Zeitung las.

Ich sah mich im Bus um. Eine hübsche Blondine im Minirock strebte auf den Ausgang zu. Gierige Männerblicke folgten ihr. Mein neuer Wirt schien die Frau nicht zu bemerken. Hatte er keine Augen im Kopf? Der Typ musste krank sein, oder blind. Die Lady war zum Anbeißen! Wie schade, dass ich nicht auf ihr gelandet war. Wenn ich jetzt könnte, wie ich wollte, dann... Aber ich war leider nur ein kleiner Floh.

Einige Minuten später verließen der Mann und

ich gemeinsam den Bus. Es war ein nasser und ungemütlicher Novembertag und da mich fröstelte, beschloss ich, in die leicht ergraute Haarpracht des mir noch unbekannten Herrn zu krabbeln. Doch dabei blieb ich an einer Fluse seines Mohairschals hängen und verrenkte mir das rechte Hinterbein. Wie das schmerzte! Mit leisem Stöhnen kämpfte ich mich am Hals des Mannes entlang und verbarg mich in einer Halsfalte.

Hoffentlich gefiel es mir bei dem Typen, denn ein spontaner Ortswechsel war mit meinem lädierten Hinterbein momentan nicht drin.

Wir bogen zunächst in die Beethoven-Straße ein, dann in die Kaiserallee. Ich war gespannt darauf, wie er wohnen würde. Da schien es zu sein, Eisenbahnstraße 22. Der Mann kramte seinen Schlüssel heraus und steckte ihn ins Schloss. Bevor wir die Treppen hinaufstiegen, leerte er seinen Briefkasten. „Karl Fuhrmann“ stand drauf geschrieben, was für ein öder Name.

Wenig später betraten wir die Wohnung. Karl hängte seinen Mantel an den Kleiderhaken und streifte sich die Straßenschuhe von den Füßen. Er schlüpfte in seine ausgetretenen Latschen und ging mit seiner Post ins Wohnzimmer. Mit einem Seufzen ließ er sich in den Sessel fallen. „Rechnungen und Werbung, wie immer“, gähnte er angestrengt.

Ich war in der Zwischenzeit in die Nähe seines rechten Ohres gekrochen, um den Panoramablick auf Karls Wohnzimmer zu genießen. Gott war das spießig! In meinem nächsten Leben werde ich Einrichtungsberater, das schwöre ich. Ein halbes Jahr lebte ich nun schon auf dieser Welt und war dabei schon ziemlich herumgekommen. Doch was mir in dieser Zeit an Interieur unter die Augen gekommen ist, geht auf keine Kuhhaut.

Karl riss mich aus meinen Gedanken, als er sich

mit einem Ruck erhob. Gemeinsam schlurften wir in die kleine Küche. Er öffnete den Gefrierschrank und nahm ein Fertiggericht heraus, Rindsroulade mit Klößen und Rotkraut. Wenig später beobachteten wir, wie sich die Aluschale in der Mikrowelle drehte. Karl nahm sein Mahl mit ins Wohnzimmer. Bevor er sich setzte, schaltete er den Fernseher ein. Es war Zeit für die Tagesschau.

Eine Viertelstunde später warf Karl die Aluschale in den Müll und spülte die Gabel. Aufzuräumen gab es nichts. Karl hatte sein trostlos anmutendes Leben im Griff. Gelangweilt zappte er durch die Programme und blieb bei einem Krimi hängen. Als die Uhr elf schlug, lagen Karl und ich bereits im Bett. Da mein Bein wie wild pochte, hatte ich es auf einer von Karls Haarsträhnen hoch gelegt. Sollte ich heute noch was essen? Ich hatte nicht wirklich Appetit. Nach kurzer Überlegung entschied ich mich dagegen. Dinner-Cancelling war momentan stark in Mode. Als sich mein Bein endlich ein bisschen beruhigt hatte, kuschelte ich mich in Karls Halsfalte und fiel in einen unruhigen Schlaf.

*

Der Wecker rappelte um fünf vor sechs. Der pochende Schmerz in meinem Bein hatte zwar nachgelassen, aber ich konnte nicht auftreten. Karl kroch aus dem Bett, setzte schnell das Kaffeewasser auf und ging ins Bad. Nach dem Rasieren und Zähne putzen nahm er am Frühstückstisch Platz. Das Brot lag fein säuberlich geschnitten in einem Brotkorb, Margarine und Marmelade standen daneben. Karl aß sein Frühstück und räumte den Tisch ab. Nach ein paar Rückenübungen war es wohl Zeit für den Bus. In eine abgewetzte Aktentasche hatte Karl eine Thermoskanne mit Instant-Kaffee, zwei Wurstbrote und einen Apfel gepackt. Als der Bus vorfuhr, sah Karl wohlwollend auf seine Armbanduhr.

„Pünktlich wie immer, Herr Adam“, begrüßte er den Busfahrer.

„So wie Sie, Herr Fuhrmann“, lächelte der.

Karl ging nach hinten zu dem Platz, auf dem er bereits gestern Abend gesessen hatte, als wir uns das erste Mal begegnet waren. Bestimmt saß er immer auf demselben Platz. Ich wagte nicht mir auszumalen, was passieren würde, wenn der Sitz einmal belegt war. Sicherlich würde diese Abweichung von der Routine Fuhrmanns ganzen Tagesablauf durcheinander bringen.

Karl Fuhrmann starrte aus dem Fenster und ich starrte mit. Der November machte mich schon depressiv genug, und jetzt saß ich auch noch auf so einer Schlafmütze und konnte nicht mal abhauen, weil mein Bein verletzt war.

Die nächste Station war wohl unsere.

„Nach Ihnen kann man die Uhr stellen, Herr Fuhrmann“, bemerkte ein paar Minuten später der Pförtner in der Eingangshalle.

„Routine macht das Leben leichter“, bestätigte Fuhrmann ernsthaft nickend.

„Und unglaublich fad“, fügte ich an. Aber keiner hörte es.

Den ganzen Vormittag saß Fuhrmann auf seinem Bürostuhl und füllte Rechnungsformulare aus, zwischendurch tippte er emsig auf seinem Taschenrechner herum. Ich nickte mehrmals ein, wurde aber immer wieder wach, weil mein Bein wehtat. Als die Uhr zwölf schlug, griff Karl nach seiner Aktentasche und machte sich auf den Weg in die Kantine. Dort packte er seine mitgebrachten Brote aus und trank seinen billigen Kaffee. Während der halben Stunde blieb er allein, keiner der Kollegen leistete ihm Gesellschaft.

Auch der Nachmittag verlief in völliger Einsamkeit. Ich verbrachte die Zeit damit, mein Bein zu massieren. Um halb sechs war der Tag geschafft. Karl und ich verließen das Bürogebäude.

Wir nahmen den gewohnten Weg nach Hause. Dort angekommen gab es wieder ein Fertiggericht, Königsberger Klopse mit Kartoffelstampf. Auch ich bekam Appetit, aber nicht auf Karl.

Die nächsten Stunden verliefen genauso wie am Vortag. Ich musste dringend abhauen. Mein Leben als Floh war ein kurzes. Jeder Tag zählte. Ich war noch jung, ich wollte etwas erleben. Hier würde ich vor Langeweile und schlechtem Nahrungsangebot sterben. Aber zuerst musste mein Bein wieder in Ordnung kommen.

*

Zwei weitere Tage vergingen, in denen ich unermüdlich mein Bein massierte. An Fuhrmanns Tagesablauf änderte sich währenddessen nichts.

Dann war es endlich soweit. Mein Bein war wieder belastbar. Ich war ganz aufgeregt. Heute war der große Tag. Ich wartete, bis wir im Bus waren. Und da kam sie, die Blondine im Minirock. Beherzt setzte ich zum Sprung an. „Leb wohl Karl und einen schönen Tag noch!“

6

Der Coup

Tagelang hatten wir den Mann observiert. Wir wussten, wann er sein Geschäft betrat und wann er es verließ, wann die Tür zum Lagerhaus offen und wann sie geschlossen war. Wir, das waren meine Freunde Bruno, Charly, Jimmy und ich.

Bei dem geplanten Überfall durfte nichts schiefgehen, zu viel stand auf dem Spiel. Aber das zu erbeutende Diebesgut war ein gewisses Risiko wert. Die Jahreszeit, es war Winter, kam uns beim Ausführen des Coups entgegen. Es wurde schnell dunkel und der Nebel hing wie schwere Milchfäden in den Straßen, so dass man kaum etwas erkennen konnte. Wir hatten alles geplant, zwar nicht bis ins Detail, aber wir waren schnell und hatten keine Skrupel.

An einem düsteren Dezemberabend, kurz vor Weihnachten, beschlossen wir, das Ding durchzuziehen. Das Lager des Mannes war zu dieser Zeit randvoll mit Ware. Für jeden von uns würde genug zu holen sein.

Eine halbe Stunde vor dem geplanten Überfall trafen wir uns in dem kleinen Waldstück, das sich gegenüber dem Ladengeschäft befand. Es gab noch einiges zu besprechen. Das fahle Licht der Straßenlaternen spiegelte sich in den Wasserpfützen und nur wenige Leute waren unterwegs. Die Kälte kroch an unseren Beinen hoch und wir drängten uns dicht zusammen.

„Einer muss Schmiere stehen“, sagte Bruno. Sein Blick wanderte von Charly über Jimmy zu mir.

„Al, das übernimmst du. Du hast die besten Augen von uns allen.“

Ich sah ihn kurz an. „Klar Bruno.“

„Postier dich an der rechten Ecke des Gebäudes. Wenn jemand kommt, gibst du ein Signal.“ Ich nickte. Dann wandte sich Bruno den beiden anderen zu:

„Um diese Zeit ist das Tor zum Lager offen, deshalb gehen wir von hinten rein, klar?“

„Verstanden“, antwortete Charly gehorsam.

„Keine Einwände“, bestätigte Jimmy.

Bruno war der Kopf der Bande. Er hatte am meisten Erfahrung von uns. Er war ein furchtloser

Kämpfer, der, obwohl er nicht mehr der Jüngste war, aus allen Schlägereien, in die er verwickelt war, immer als Sieger hervorging. Sein Körper war mit vielen Narben übersät. Eine besonders große durchzog sein Gesicht und ließ ihn noch furchteinflößender wirken. Die anderen Gangs der Stadt hatten einen Höllenrespekt vor ihm und Charly, Jimmy und ich waren stolz, mit ihm zusammen zu arbeiten.

Die Straße war menschenleer. Bruno gab das Zeichen zum Aufbruch. Jeder wusste, was er zu tun hatte. Wie verabredet postierte ich mich an der Ecke, während sich meine Komplizen vorsichtig an das Gebäude heranpirschten. Ich ließ meine Augen schweifen und machte in einiger Entfernung eine Frau aus, die mit festen Schritten den Bürgersteig entlang ging. Schnell gab ich meinen Freunden zu verstehen, dass sie sich ruhig verhalten sollten. Die Frau kam näher, blieb plötzlich stehen und sah angestrengt in unsere Richtung. Hatte sie etwas bemerkt? Was sollten wir tun? Ich hielt den Atem an. Die Frau schüttelte den Kopf, drehte sich um und bog in eine schmale Seitengasse ein. Ich wartete, bis ihre Schritte leiser wurden und schließlich ganz verhallten. Noch einmal lauschte ich in die Dunkelheit hinein. In ein paar Minuten würde alles vorbei sein. Ein Grinsen überzog mein Gesicht. Mit der ergatterten Beute im Sack würden wir heute Nacht ein großes Fest feiern.

Aber jetzt galt es keine Zeit mehr zu verlieren. Wie verabredet gab ich das Zeichen, dass die Luft rein war. Bruno, Charly und Jimmy schlugen zu. Mit einem Kampfruf stürmten sie das Lagerhaus. Wenig später hörte ich verzweifelte Schreie. Mist, da war was schief gegangen!

Ich verließ meinen Wachposten und spähte vorsichtig in die Halle. Mein Blick fiel auf den Metzger, der vor der weiß gefliesten Wand stand. Sein Gesicht war aschfahl, die Hände blutverschmiert. Ob er verletzt war? Er versuchte sich hinter einer halben Kuh zu verbergen, die an einem schweren Metallhaken hing. „Was wollt Ihr?“, schrie der Metzger aufgelöst. „Ich habe euch nichts getan!“

Bruno, Jimmy und Charly wollten nur die Beute, die Anwesenheit des Metzgers war nicht einkalkuliert. Der Plan war, gewaltfrei an die Ware zu kommen. Gewalt erzeugt immer Gegengewalt, das war uns allen klar. Wenn wir hier nicht sauber rauskämen, wäre es vorbei mit der Freiheit und erholsamen Waldspaziergängen. Das Gefängnis, möglicherweise Einzelhaft und eine Eisenkette um den Hals wäre die Strafe. Nur zu blöd, dass der Metzger als Zeuge gegen uns aussagen würde.

Bruno, Jimmy und Charly blieben ruhig und gaben keinen Laut von sich. Der Metzger bewegte sich langsam von der Kuhhälfte weg, in Richtung Räucherkammer.

Jimmy und Charly beobachteten ihn aufmerksam. Bruno hatte seine Augen auf die Beute gerichtet, die jetzt völlig unbewacht war. Der Metzger stand regungslos in der Nähe der Räucherkammer und interessierte niemanden mehr. Für alle zählte nur noch die Beute. Gemeinsam stürzten sich meine Komplizen auf die Kuhhälfte und rissen sie zu Boden. Jetzt war es auch für mich Zeit, mir meinen Anteil zu holen.

Doch plötzlich wurde Charly von einer Waffe getroffen, deren Wucht ihn in die nächste Ecke schleuderte. Jimmy war das nächste Opfer. Ihn traf es mitten ins Gesicht. Er jaulte auf und stürzte zu Boden. Bruno und mir blieb nur die Flucht. Der Metzger machte Ernst und wollte uns an den Kragen. Es blieb keine Zeit über Charlies und Jimmys Schicksal nachzudenken. Jetzt war sich jeder selbst der Nächste.

Ich rannte um mein Leben. Doch Moment, was war das? Lag da nicht eine Lammkeule? Die musste mit. Ich bremste hart ab. Bruno sauste an mir vorbei. Wo hatte er den Schweinefuß gefunden? Ich würde ihn später fragen.

Im Hintergrund hörte ich den Metzger rufen: „Na wartet, ihr Köter, euch werde ich Beine machen." Metzger hin oder her. Schnell schnappte ich mir die Lammkeule. Aus dem Augenwinkel konnte ich sehen, dass sich auch Charly und Jimmy wieder aufgerappelt hatten. Der Wasserstrahl, der sie getroffen hatte, hatte ihnen keinen ernsthaften Schaden zugefügt. Meine Freunde hetzten auf den Ausgang zu. Jeder hatte Beute gemacht, Charly hatte ein Huhn ergattert und aus Jimmys Maul baumelte der lange Hals einer Gans.

Eine halbe Stunde später lagen wir gemeinsam unter den Bäumen und teilten uns das Diebesgut. Obwohl nicht alles nach Plan gelaufen war, waren wir mit dem Coup zufrieden. Das Lamm und vor allem die Ente waren ganz vorzüglich gewesen. An die Repressalien, die der Metzger uns morgen machen würde, wollten wir heute noch nicht denken.

7

Sivans Rettung

In zwei Wochen sollte der alljährliche Hexen-Wettbewerb stattfinden und den ganzen Tag hatte ich vergeblich versucht den Tasmak-Zauber auszuführen, der Teil der Prüfung sein würde. Bei diesem Zauber musste man eine lebende Kreatur in einem Nu in eine andere verwandeln. Nur die besten Hexen konnten diese Aufgabe lösen. Ich gehörte wohl leider nicht dazu.

Traurig über mein Unvermögen, begab ich mich gegen Mitternacht zu Bett. Ich wälzte mich noch eine Weile hin und her, hörte einen Hund in der Nachbarschaft bellen und war gerade eingeschlafen, als ich spürte, dass es ganz hell im Zimmer geworden war. Als ich die Augen öffnete, sah ich einen grellen Lichtblitz, der gerade wieder aus dem Fenster glitt. Danach tat es einen Knall. Sogleich verließ ich das Bett, um herauszufinden, was die Störung verursacht hatte.

Ich traute meinen Augen nicht. Vor meinem Fenster erblickte ich einen schwarz-roten Drachen, der etwa drei Meter groß war. Wenn mich nicht alles täuschte, war er der Gattung der Rotschwanzender zuzuschreiben. Aber was machte er vor meinem Fenster?

Vielleicht war er krank, überlegte ich. Rotschwanzender sind sonst eher scheu und leben zurückgezogen in den Bergen. Im nächsten Moment nieste der Drache und es bildete sich ein weißer Feuerschweif, der meine Kammer erneut in helles Licht tauchte. Dann tat es einen Knall und der Feuerschweif verpuffte.

Ich beschloss dem Drachen zu helfen. Wenn ich ihn da draußen seinem Schicksal überließ, würde er ein leichtes Opfer für die Fandamangen sein, eine der grausamsten Gnomarten, die es in unserer Gegend gab. Ich hoffte nur, dass sie nicht schon die Witterung aufgenommen hatten.

Schnell zog ich meinen Nachtrock über, ergriff die Laterne und öffnete die Tür. Ich schwenkte das Licht in die Höhe, so dass ich besser sehen konnte. Der Ostwind hatte eisige Kälte gebracht und ich zog mein Gewand enger um mich. Langsam näherte ich mich dem verschreckten Drachen, der am ganzen

Leib zitterte. Offenbar war er erkältet, denn seine großen Augen waren wässrig und seine Nase tropfte.

Ich überlegte kurz, wo ich ihn unterbringen sollte. Die Scheune war als Drachenbehausung nicht geeignet, da sie beim nächsten Niesen in Flammen aufgehen würde. So blieb nur die Höhle.

„Du armer Kerl“, sagte ich mitfühlend. „Komm mit mir. Ich bring dich wieder auf die Beine.“

Ich deutete in Richtung der Höhle und der Drache grunzte. Schwerfällig stolperte er hinter mir her. Mit ein paar Handgriffen bereitete ich für meinen Gast in der rechten Ecke der Höhle ein Krankenlager aus Ziegenhäuten und Strohballen.

„Dieser Platz ist windgeschützt. Leg dich hier hin“, wies ich das Tier an, während ich die Kerzenleuchter anzündete. „Ich komme gleich zurück.“
Der Drache ließ sich auf das weiche Lager fallen und setzte zum Niesen an. Schleunigst suchte ich das Weite.

Wieder in der Küche angekommen machte ich mich daran, für den Drachen eine wirksame Tinktur zu brauen. Auf der Kommode lag ein großer Bücherstapel. Ich griff nach dem blauen Band mit dem Titel „10 002 zauberhafte Rezepte gegen ekelhafte Krankheiten“ und schlug das Inhaltsverzeichnis auf.

„Saurüsselwarzen“, nein, „Halsfaltenakne“, nein, - das passte alles nicht. Ich las weiter „Drachenarthrose“, noch nicht ganz. Aber hier war es „Drachenschnupfen“, Seite 23 078:

„Zur Behandlung von schleimigem Drachenschnupfen nehme man: 3 Teile Ringelblume, 1 Teil Fingerhut, vier Spinnenbeine, zwei Stücke getrocknete Krötenleber, etwas Mottendunst und drei Stängel Beifuß."

Ich hängte den Kessel über das Feuer und fügte dem Wasser die angegebenen Ingredienzen hinzu.

„Nachdem die Zutaten im Kessel zu einem schleimigen Brei verkocht sind, sprich die Beschwörungsworte: Asparabus, Nosfatus, Almos."

Ich tat, wie es geschrieben stand und im nächsten Moment bildete sich über der köchelnden Masse eine gelbe Wolke in Form einer großen Nase. Dann wurde die Wolke rot und löste sich auf.

Ich füllte den Brei in eine Schale und ging zurück in die Höhle. Der Drache lag mehr tot als lebendig auf seinem Lager. Seine Nüstern bebten und seine Augen waren geschlossen.

„Komm, mein Freund“, sagte ich mit sanfter Stimme. „Nimm das.“ Das rechte Drachenauge öffnete sich leicht und sah mich dankbar an. Nach und nach flößte ich ihm den Brei ein. Ich beobachtete meinen Patienten noch eine Weile und schlief schließlich neben ihm ein.

*

Als ich wach wurde, lag der Drache bewegungslos auf seiner Stätte. Da ich befürchtete, dass er während der Nacht gestorben war, beugte ich mich langsam über sein Gesicht. Heißer Atem und scheußlicher Mundgeruch stieß mir entgegen.

Angewidert zog ich meinen Kopf zurück. Kein Zweifel, er lebte noch. Das Fieber schien gesunken zu sein, aber der Drache brauchte noch etwas Medizin. In der Küche setzte ich eine große Portion der Anti-Schnupfen-Mischung an. Dann kochte ich aus

Frettchenköpfen und Schlangenfleisch einen großen Topf Brühe.

Dreimal täglich fütterte ich meinen Patienten mit Medizin und Fleischbrühe. Der Drache schluckte artig alles, was ich ihm in den Rachen schob und da er die meiste Zeit schlief, machte seine Genesung rasche Fortschritte.

*

In der vierten Nacht wurde ich von einem grausamen Heulen geweckt. Ich lauschte. Hatte ich geträumt? Doch gerade als ich mich wieder umdrehen wollte, begann das Geheule erneut. Ich griff nach meinem Nachtrock, schnappte den Zauberstab und schlich zur Haustür. Vorsichtig spähte ich hinaus. Vor der Höhle hatte sich ein ganzes Rudel von Fandamangen versammelt.

Offenbar waren sie gerade dabei, dem Drachen das Blut abzuzapfen, weshalb dieser so verzweifelt jammerte. Für die Fandamangen gab es nichts Kostbareres als Drachenblut. Regelmäßig genossen, machte es die Gnome unempfindlich gegen böse Geister und Dämonen.

Ich hatte so große Angst, dass meine Knie schlotterten. Ich war nur eine unbedeutende und unerfahrene Hexe und hatte noch nie gegen einen Fandamangen gekämpft. Es kursierten gruselige Geschichten darüber, was die Gnome mit denen taten, die sich ihnen entgegenstellten.

Das Klagen des Drachen drang wieder an mein Ohr. Ohne weiter nachzudenken stürzte ich hinaus ins Freie.

„Haut ab!“, schrie ich zornig. Ich baute mich vor den Fandamangen auf und hielt meinen Zauberstab wie ein Schutzschild vor mich. Innerhalb von Sekunden hatten die Gnome ihre kahlen Schädel in meine Richtung gedreht.

Zuerst gab es nur ein Gemurmel. „Was willst du,

kleine Hexe?", fragte mich der Anführer herausfordernd.

„Verschwindet von hier und lasst den Drachen in Ruhe", antwortete ich mit der größten Entschlossenheit, die ich aufbringen konnte.

„Und wenn wir das nicht tun? Willst du dann kämpfen? Du allein, gegen uns viele?" Die Meute fing an zu lachen.

„Schnappt sie euch", rief der Anführer plötzlich. Die ganze Horde setzte sich in Bewegung und stürmte auf mich zu.

„Hurmuskus, Femidarum, Borbota", rief ich mit lauter Stimme.

Die Fandamangen kamen immer näher.

„Hurmuskus, Femidarum, Borbota", wiederholte ich den Spruch.

Doch nichts passierte. Jetzt waren sie nur mehr eine Handbreit von mir entfernt.

Ich wurde panisch und schrie so laut ich konnte: „Hurmuskus, Femidarum, Borbota!"

Und dann plötzlich geschah es. Wie von Geisterhand wurden die Fandamangen in den Himmel empor katapultiert und verschwanden aus meinem Blickfeld. Ungläubig, dass der Zauber funktioniert hatte, starrte ich in den Nachthimmel. Offenbar war ich im Zauberhandwerk gar nicht so untalentiert, wie ich immer gedacht hatte.

Da ich weitere Angriffe befürchtete, beschloss ich das Krankenlager zu bewachen und die nächsten Tage bei dem Drachen in der Höhle zu verbringen. Durch meinen Zaubererfolg angestachelt begann ich damit, mich nochmals an dem schwierigen Tasmak-Zauber zu versuchen.

Doch der Zauber wollte mir einfach nicht gelingen. Wutentbrannt schleuderte ich meinen Zauberstab in die Ecke. Ich musste der Realität ins Auge sehen. Gegen Rakskal, meine Kontrahentin, würde ich im Hexen-Wettbewerb keine Chance haben. Dabei wünschte ich mir nichts sehnlicher, als den Sieg davonzutragen. Wer den Wettbewerb gewann, hatte eine goldene Zukunft vor sich, denn der Sieger hatte das Vorrecht, bei dem großen Zaubermeister Putpur in die Lehre zu gehen.

Vielleicht sollte ich Drachenpfleger statt Hexenmeisterin werden, überlegte ich deprimiert, als ich dem Drachen die Medizin brachte.

„Danke Leila, dass du mich gesund gepflegt hast“, sagte der Drache plötzlich mit dunkler Stimme.

„Du sprichst meine Sprache?“, fragte ich erschrocken.

„Ich bin in einer Hexenfamilie aufgewachsen und habe dort deine Sprache gelernt. Mein Name ist Sivan. Du warst sehr mutig und hast mir zweimal das Leben gerettet. Das werde ich dir nie vergessen. Und jetzt, da ich wieder bei Kräften bin, tue ich etwas für dich.“

„Das ist lieb von dir Sivan, aber ich habe alles,

was ich benötige", widersprach ich.

„Eines besitzt du noch nicht, Leila."

Fragend sah ich den Drachen an.

„Ich kann dir helfen, denn ich bin Meister im Ausführen des Tasmak-Zaubers!"

*

Die kommenden Tage verbrachte ich mit Sivan auf dem Zauberer-Exerzierplatz. Sivan war ein strenger Lehrer, der nicht eher ruhte, bis ich den Tasmak-Zauber sicher beherrschte.

Dann kam der große Tag, an dem der Hexen-Wettbewerb stattfand. Aus allen Teilen des Landes waren die Hexen angereist, um dem Kampf der Mächte beizuwohnen.

Als ich den Tasmak-Zauber fehlerfrei vor der Jury demonstrierte, brachen die Zuschauer in Begeisterungsstürme aus. Meine Kontrahentin Rakskal ließ vor Überraschung über meine gelungene Darbietung ihre Kröte Kasimir in den Dreck fallen. Sie selbst patzte beim Tasmak-Zauber und wurde im anschließenden Wurzelmausschießen wegen Anpöbelung eines Waffenträgers disqualifiziert.

Keine der anderen Hexen reichte mit ihrer Leistung an meine heran, so dass ich am Ende des Tages mit dem Siegerkranz geehrt wurde. Zudem erhielt ich das dreihundertbändige Nachschlagewerk für zukünftige Hexenmeister.

Sivans und meine Wege trennten sich am nächsten Morgen. Während mein lieber Freund zu seiner Familie in die Berge zurückkehrte, machte ich mich auf zu Putpur, dem großen Zaubermeister.

8

Die Berufung

Ich brachte Konrad an einem lauen Sommerabend mit nach Hause. Schon als er auf unseren Hof lief, keilte er aus und meckerte aufmüpfig. Er war braun-schwarz gemustert und hatte zwei Hörner, die leicht gebogen nach oben standen. Meine zwölfjährige Tochter Tamara näherte sich vorsichtig, um den Neuankömmling zu begutachten und ich stellte das Tier mit den Worten vor: „Das ist Konrad, der Ziegenbock. Er wohnt ab jetzt bei uns."

Tamaras Begeisterung hielt sich in Grenzen, denn Konrad war sein schlechter Ruf bereits voraus geeilt. Der Bock gehörte ursprünglich den Schneebergers, die gleich neben uns auf einem Bauernhof wohnten. Da Konrad aggressiv und unberechenbar war, hatte er dort jahrelang ein einsames Dasein im Schweinestall gefristet. Weil Schneebergers nicht gewillt waren, den kampfeslustigen Ziegenbock weiter durchzufüttern, sollte Konrad dem Schlachter übergeben werden. Aber das konnte ich, als aktive Tierschützerin, auf keinen Fall zulassen. Was konnte der arme Bock dafür, dass man all die Jahre auf seiner empfindlichen Seele herumgetrampelt hatte?

Um das Tier aus seiner misslichen Lage zu befreien, hatte ich den Schneebergers angeboten, Konrad vorerst bei uns aufzunehmen. In ein paar Wochen wollte man dann endgültig über das Schicksal des Tieres entscheiden.

Tamara schaltete zunächst auf stur. „Warum muss dieses haarige und boshafte Biest ausgerechnet bei uns wohnen?“, fragte sie. Aber ich hatte natürlich schon einen Plan entwickelt, wie ich Konrad innerhalb kürzester Zeit in einen passablen Hausgenossen verwandeln konnte. Das Zauberwort hieß: Tierpsychologie.

So richtig bewandert war ich auf dem Gebiet zwar nicht, aber so schwierig konnte das nicht sein. Ich hatte schon immer einen guten Draht zu Tieren gehabt, außerdem war ich ein Meister im Improvisieren. Aus Neugier hatte ich vor einiger Zeit bereits damit begonnen, Bücher über das Thema zu lesen und auch mit den notwendigen Utensilien hatte ich mich bereits eingedeckt. Dazu gehörten Bachblütentinkturen, Heilsteine und diverse farbige Tücher für die Farbtherapie. Die Tierpsychologen, die im Internet für ihre Behandlungsmethode warben, sprudelten über vor Euphorie ob der überzeugenden Behandlungserfolge, und auch die Internetforen waren voll von Erfahrungsberichten begeisterter Tierbesitzer, die sich in diesem Feld bereits versucht hatten. Konrad sollte mein erster Patient sein und vielleicht konnte ich in diesem Metier irgendwie Fuß fassen und mir so ein zweites Standbein aufbauen. Potential gab es genug. Jeder Bauer in der Umgebung hatte mindestens einen verkorksten Konrad im Stall stehen.

Damit sich Konrad gleich von Anfang an als vollwertiges Mitglied der Familie fühlte, sollte er so nah wie möglich am Haus wohnen. Daher richtete ich für ihn den kleinen Stall her, der leer stand, seit Esel Johann vor einem Jahr gestorben war. Den Grundstein für Konrads Behandlung legte ich auch gleich, indem ich den Stall mit einem schönen Lapislazuli schmückte, der Blockaden lösen sollte. Ich war mir sicher, dass Konrad welche hatte. Nach so vielen Jahren des Eingesperrt seins war das ganz normal.

Das Ausmisten des Stalls übernahm ich, doch in Konrads Pflege bezog ich auch meine Tochter mit ein. Jeden Tag musste sie Konrad sein Futter bringen. Zum Frühstück bekam er Heu und zum Abendessen wurden ihm gekochte Kartoffeln und Gemüsereste serviert.

*

Doch schon am dritten Tag streikte das Pflegepersonal. „Ich gebe diesem blöden Bock nie mehr was zu fressen“, informierte mich Tamara am frühen Morgen. „Er kann mich nicht leiden, und ich ihn ebenso wenig. Von mir aus soll er verhungern!

Und deinen doofen Heilstein hat er auch zertrampelt." Was genau passiert war, konnte ich nicht in Erfahrung bringen, denn Tamara verließ, ohne sich weiter über den Vorfall auszulassen, die Küche.

Um mehr über Konrads momentane Stimmung herauszufinden, öffnete ich die Haustür und lauschte. Der Ziegenbock tobte wie verrückt. Seine Hufe knallten gegen die Stalltür, dass ich dachte, der Schuppen würde jeden Moment auseinanderbrechen. Es war höchste Zeit, dass ich Konrad als Individuum mehr Aufmerksamkeit schenkte, denn es wäre gar nicht gut, wenn meine Tochter durch Konrads unkontrolliertes Verhalten eine Abneigung gegen jegliche Art von Hornträger entwickeln würde.

Ich wartete, bis alle Familienmitglieder aus dem Haus waren, dann öffnete ich Konrads Stalltür. „Kein Wunder, dass du ganz verrückt wirst, wenn du dauernd eingesperrt bist."

Konrad stand in der rechten Ecke und glotzte mich ausdruckslos an. „Komm mit, da drüben gibt es leckeres Gras." Konrad warf seinen Kopf in den Nacken und trabte gehorsam hinter mir her.

Es war vielleicht naiv zu denken, dass Konrad auf seinem ersten Freigang brav die Wiese abgrasen würde, aber ich wollte ihn auch nicht gleich mit Verboten verschrecken. Es war sehr wichtig, dass er Vertrauen zu mir fasste. Dass diese Entscheidung für den Lavendel und die stolzen Rosenbüsche fatale Folgen haben würde, nahm ich billigend in Kauf. Aber zunächst stürzte sich Konrad übermütig auf die leckeren Gänseblümchen, die in großen Mengen auf der Wiese wuchsen. Zufrieden blickte ich auf meinen Schützling.

Der Ziegenbock war erst einmal versorgt. Daher ging ich ins Haus zurück, um die Dinge zusammenzusuchen, die ich für Konrads Behandlung brauchte. Zunächst füllte ich einen Eimer mit Wasser und gab zehn Tropfen von Bachblüte Nummer 15 hinein. „Stechpalme: Zur Behandlung von aggressiven und gefährlichen Tieren“, stand auf der Beschreibung. Ich packte die Seidentücher und die Heilsteine in ein kleines Körbchen und machte ich mich wieder auf den Weg zur Wiese.

Doch von meinem Patienten fehlte jede Spur. Offenbar hatte er recht schnell das Interesse an den Gänseblümchen verloren. Ich lockte und rief, aber Konrad blieb verschwunden.

Es war nicht schwierig, Konrads Spur zu finden. Abgefressene Blumenstängel und niedergetrampelte Blumenbeete wiesen den Weg. Ich überlegte, ob ich den schwarzen Turmalin in den Behandlungsplan mit aufnehmen sollte, der sich, laut meinem Heilsteinebuch, vorzüglich bei Fällen von Gier bewährt hatte.

Als ich beinahe das ganze Haus umrundet hatte, drangen Schreie an mein Ohr. Das war die Stimme von Frau Gmeiner, der Postbotin. Als ich um die Ecke bog, sah ich gerade noch, wie Frau Gmeiner mit einem behänden Sprung das Gartentor überwand und in Richtung des Postamts davonlief. Was sie dabei ausrief, möchte ich lieber nicht wiedergeben.

Den Weg zum Ausgang säumten Briefe und Postsendungen aller Art. Auf halbem Weg hatte Frau Gmeiner die Posttasche fallen lassen, wahrscheinlich weil sie ohne Last schneller laufen konnte. Frau Gmeiners Verfolger stand mit siegessicherer Miene am Tor. Er knabberte gerade an der neuesten „Brigitte“ mit Sonderheft und weigerte sich beharrlich, die Zeitschrift herauszurücken.

Bevor Konrad die ganze herumliegende Post verdrücken konnte, sammelte ich sie ein und stopfte sie in die Posttasche. Ganz sicher wollte Frau Gmeiner ihre Tasche wieder zurück haben. Diskret deponierte ich sie daher vor dem Gartentor.

Dann trieb ich Konrad auf die Wiese zurück. Ich ermunterte ihn, einen kräftigen Schluck aus dem Eimer mit den aufgelösten Globuli zu nehmen, der noch immer unberührt auf der Wiese stand. Gierig schlürfte Konrad den Kübel leer. Trotz der üppigen „Brigitte“ und dem Sonderheft hatte Konrad noch immer Appetit. Seine Wahl fiel auf die Seidentücher, die aus dem Korb hingen. Nur mit äußerster Mühe entwand ich ihm den grünen Stoff.

Wie passend, dass Konrad Grün gewählt hatte, bewährte sich diese Farbe doch bei Unruhe und Unausgeglichenheit. Ich spannte das Tuch auf einen großen Holzrahmen, den ich extra für die Behandlung angefertigt hatte und stellte ihn so auf, dass Konrad von der durchscheinenden Sonne in grünes Licht getaucht wurde.

Stolz betrachtete ich mein Werk. Das Farbsegel bot einen imposanten Anblick. Doch anstatt meine Kreation angemessen zu würdigen und in einen friedlichen Entspannungszustand zu verfallen, stolperte Konrad zunächst ruhelos auf der Wiese herum. Dann senkte er plötzlich den Kopf und preschte auf das gespannte Tuch zu. Mutig stellte ich mich ihm in den Weg, musste aber klein beigeben, weil Konrad den eingeschlagenen Kurs nicht änderte und mich gnadenlos umgerannt hätte.

Der leichte Seidenstoff, der in dem Holzrahmen wehte, hatte Konrads Schubkraft nichts entgegenzusetzen. Grüne Fetzen zierten Konrads Haupt und auch der Holzrahmen ließ sich nicht so leicht abschütteln. Erst nachdem Konrad ein paar Mal damit gegen den Apfelbaum gerannt war, fiel der Rahmen von ihm ab. Die Farbtherapie war damit fürs Erste erledigt. Konrad schien das verstanden zu haben, denn er machte es sich im Schatten der Thuja bequem.

Traurig klaubte ich die Überreste von fünf Heimwerkerabenden zusammen.

Um ehrlich zu sein, irgendwie hatte ich mir das Ganze leichter vorgestellt. Konrad war störrischer als ich gedacht hatte. Ich beschloss, mir den Misserfolg nicht zu sehr zu Herzen zu nehmen, schließlich musste man überall mit Startschwierigkeiten rechnen. Vielleicht hatte ich ja bei der Anwendung der dritten Säule der Therapie, der Massage mit Heilsteinen, mehr Glück. Ich packte mein Steinesortiment aus und wählte daraus den Amethyst, der gut zur Beruhigung sein sollte. Die Ereignisse der letzten Stunden hatten mich ziemlich mitgenommen, daher würde es bestimmt nichts schaden, wenn ich mir den Amethyst kurz selbst an die Schläfen hielt. Ich schloss die Augen und sprach mein Mantra: „Der Tag wird ein Erfolg."

Ich atmete tief durch und wiederholte das Mantra noch dreimal. Als ich die Augen öffnete, war Konrad aus dem Schatten der Thuja verschwunden.

*

Bereits zum zweiten Mal an diesem Tag machte ich mich auf die Suche nach ihm. Ich umrundete das Haus, sah im Stall nach und kletterte auf den Heuboden, doch Konrad blieb unauffindbar. Vielleicht war er durch die Hecke entkommen und aus Treue und Gewohnheit zu den Schneebergers zurückgelaufen. Was, wenn Konrad geradewegs dem Schlachter in die Hände galoppierte? Dieses Szenario mochte ich mir gar nicht ausmalen. Dieser Gierschlund von Metzger hatte seit langem ein Auge auf Konrad geworfen und würde sich die günstige Gelegenheit sicher nicht entgehen lassen. Ich durfte keine Zeit verlieren.

Da ich nicht am Postamt vorbeigehen wollte, in dem sich Frau Gmeiner mit großer Wahrscheinlichkeit noch immer von ihrem Schrecken erholte, nahm ich den Hinterausgang, der über den Kartoffelacker direkt zu den Schneebergers führte. Natürlich wollte ich auch von den Schneebergers nicht gesehen werden. Das Bekanntwerden der Tatsache, dass mein Patient schon während des ersten Behandlungstages die Flucht ergriffen hatte, wäre meiner Karriere als aufstrebender Geschäftsfrau sicher nicht förderlich. So unauffällig wie möglich, schlich ich wenig später über Schneebergers Hof. Doch zu meinem Leidwesen zeigte sich Konrad nicht. Es half nichts, ich musste die Suche einstellen und hoffen, dass der von alleine zu mir zurückkommen würde.

Wieder zuhause angelangt, ging ich zunächst in die Küche, um einen Schluck Kaffee zu trinken. Und da lag Konrad schnarchend auf der Eckbank. Während ich vor Sorge fast umkam und mich ganz verrückt machte, hatte er kurzerhand die Küche in Beschlag genommen.

„Runter da, du Schurke!“, schrie ich ihn an. Konrad öffnete die Augen und sah mich mit glasigem Blick an.

„Hast du etwa getrunken?“ Konrad hatte eine

Alkoholfahne, dass man glauben konnte, er hätte in einem Schnapsfass gebadet. Mir schwante Böses. Während Konrad zwischen Wachzustand und Dämmerschlaf schwankte, warf ich einen Blick in meine Vorratskammer.

Meine schlimmsten Vorahnungen bestätigten sich. Dass Konrad die Gemüsevorräte und den Schokoladenkuchen verspeist hatte, konnte ich ihm nachsehen, aber dass er bei seiner hemmungslosen Fressorgie überdies meinen Rumtopf vernichtet hatte, war unverzeihlich. Der Topf lag zerbrochen auf dem Fliesenboden. Er hatte keinen Tropfen davon übrig gelassen.

Konrad war mittlerweile von der Bank geklettert, um auf unsicheren Beinen den Schauplatz zu verlassen.

„Ja, hau ab, du gieriges Scheusal!“, rief ich ihm hinterher. „Ich rette dir das Leben und so dankst du es mir!“

Konrad stolperte aus der Küche, aber bevor er das Haus verließ, zerrte er noch die getrockneten Deko-Maiskolben von der Anrichte herunter und fraß sie samt roter Schleife und Stecknadeln.

In der Regel war ich nicht nachtragend, aber nach der Sache mit dem Rumtopf sank Konrad auf meiner Beliebtheitsskala dramatisch ab. Für diesen Tag hatte ich genug von ihm und sperrte ihn mit einem großen Eimer Wasser, in den ich Unmengen von Globuli Nummer 15 aufgelöst hatte, in den Stall.

*

Zwei weitere Tage schlug ich mich mit Konrads ungestümem Temperament herum, bis ich schließlich einsehen musste, dass Konrad nicht zum Haustier taugte. Meine Tochter Tamara hatte schließlich den rettenden Gedanken. Der ortsansässige Pfarrer hatte eine Vorliebe für das biblische Gleichnis von den Schafen und Böcken und hielt sich im Pfarrhof zu Anschauungszwecken eine kleine Herde des Getiers. Schon des Öfteren hatte er den Gläubigen beim Freiland-Gottesdienst mithilfe seines Tier-Ensembles den Ernst des zu erwartenden göttlichen Strafgerichts verständlich gemacht. Nachdem Tamara Pfarrer Rauscher von Konrads heidenhaften Wesenszügen und dem durch den Schlachter drohenden Tod berichtet hatte, war dieser sofort Feuer und Flamme und beschloss, den Bock, sozusagen im Namen der Kirche, als Hauptakteur in seine

Schauspieltruppe aufzunehmen. Pfarrer Rauscher sah in Konrad wohl das personifizierte Übel und damit die optimale Besetzung, um der Gemeinde die negativen Auswirkungen eines egoistischen und uneinsichtigen Lebenswandels zu verdeutlichen.

So fand Konrad letzten Endes im Schoße der Kirche seine Rettung. Natürlich war auch Familie Schneeberger stolz auf ihren Konrad, der es nun sogar zu einer kirchlichen Anstellung gebracht hatte.

Mit Konrads Auszug kehrte auch in meiner Familie der Frieden wieder ein und was die Utensilien für die Tierpsychologie betrifft, die habe ich gewinnbringend bei einer Internetauktion versteigert.

9

Weniger ist mehr

„Sie sollte einen Stützstrumpf tragen, dann sieht sie schlanker aus!“

Mein Bruder Oliver saß am Frühstückstisch und blickte kopfschüttelnd auf meine Katze Cleo, die gerade mit Mühe auf den freien Küchenstuhl geklettert war.

„Solch grausame Worte sagt man nicht zu einer Frau, das verletzt ihre Gefühle. Außerdem kann sie nichts dafür, dass sie so dick ist."

Cleo hoffte auf einen weiteren Morgenimbiss und sah Oliver erwartungsvoll an. „Aber Anna, sie braucht nur nicht so viel zu fressen, dann wird sie dünner."

„Solange Karsten in Amerika ist, braucht sich keiner von uns Gedanken übers Abnehmen zu machen. Und der sitzt dort bestimmt noch bis zum Herbst fest, nicht wahr Cleo?" Ich warf der Katze ein Stückchen Wurst zu und belegte mein Croissant mit einer dicken Scheibe Käse.

„Wenn du dich da mal nicht irrst. Gestern Abend hat Karsten in einer Rundmail mitgeteilt, dass er schon Ende April wieder nach Deutschland zurückkommen wird."

„Aber das kann er doch nicht machen!" Ungläubig ließ ich das Croissant auf den Teller gleiten.

Innerhalb von fünf Minuten hatte ich Oliver mit seinem belegten Wurstbrötchen, auf dem er noch herum kaute, aus dem Haus bugsiert. Ich machte meinen Computer an und rief die E-Mails ab. Und da war sie: „Hallo, meine Lieben, ich habe gerade mein Rückflugticket gekauft. In sechs Wochen werde ich wieder bei euch sein."

Wie lange hatte ich auf diese Nachricht gewartet, und jetzt war ich nicht darauf vorbereitet. Wenn ich ehrlich war, hatte ich im Laufe der Monate den Glauben an Karstens baldige Rückkehr verloren. Nach und nach hatte ich damit aufgehört ins Fitnesscenter und zum Tennisspielen zu gehen und hatte es mir stattdessen mit Cleo auf dem Sofa gemütlich gemacht. Die trockenen Reiscracker waren aromatischen Kartoffelchips gewichen und auch ein Sahnetörtchen hatten wir uns des Öfteren schmecken lassen. So kam es, dass sich die Pfunde ungebremst auf Hüfte und Bauch verteilt hatten. Meine Kleidergröße hatte sich von 38 auf 42 gesteigert und Cleo lag mit neun Kilo weit über dem zulässigen Gesamtgewicht für europäische Hauskatzen. Dummerweise legte Karsten sehr viel Wert auf die äußere Erscheinung und für Menschen, die sich auf Kosten ihrer schlanken Linie den kulinarischen Genüssen hingaben, hatte er keinerlei Verständnis.

Als er noch in Deutschland war, hatten wir jede freie Minute auf dem Tennisplatz oder im Fitnesscenter zugebracht. Bei der Auswahl von Lebensmitteln hatte Karsten sorgfältig auf den glykämischen Index geachtet und im Kühlschrank ausschließlich

Sachen geduldet, die absolut fettfrei waren.

Nachdem ich all das über Bord gekippt hatte, war natürlich des Öfteren das schlechte Gewissen laut geworden. Cleo und ich hatten deshalb immer wieder einen Diätversuch gewagt. Die ersten Tage begannen auch meist recht verheißungsvoll und die Pfunde schmolzen enthusiastisch dahin. Doch bereits in der zweiten Woche stagnierte der Prozess, bevor er schließlich ganz zum Erliegen kam. Am Ende ließ uns die Diät stets schadenfroh mit ein paar Extrapfunden mehr im Regen sitzen.

Leider gab es keine Wunderpillen, die Cleo und mich im Nu aus dieser Misere befreit hätten. Wir hatten nur eine Chance, wenn wir unserem inneren Schweinehund einen kräftigen Tritt verpassten, der ihn gleich vor die Haustür katapultierte.

*

Wenig später wühlte ich in der alten Holztruhe, in der ich Sportoutfits und Sportutensilien ablegte, die ich irgendwann im Anflug höchster Motivation gekauft, für die ich dann aber letztendlich doch keine Verwendung gefunden hatte. Darunter fielen unter anderem eine Jazzdancehose, ein Boxsack inklusive Handschuhe, ein Bauch-Weg-Trainer sowie ein Paar Leki Speed Pacer Nordic Walking-Stöcke. Leider war mir die Begeisterung für die neue Errungenschaft meist schneller abhanden gekommen, als der Rechnungsbetrag von meinem Kreditkartenkonto abgebucht werden konnte.

Von dem beredten Zeugnis meines mangelnden Durchhaltevermögens beschämt, zog ich eine schwarze Trainingshose und die dazu passende Jacke aus dem Haufen.

Schlank war anders, musste ich mir eingestehen, als ich mich wenig später von allen Seiten im Spiegel betrachtete. Obwohl ich diskretes Schwarz trug, zeichneten sich die Speckröllchen deutlich an Bauch, Po und Schenkeln ab. Dabei war gerade für Frauen das Gewicht und dessen optimale Verteilung ein wichtiger Indikator für Attraktivität. Schändlicherweise hatte ich diese Tatsache in den vergangenen Monaten leichtfertig aus meinem Bewusstsein verdrängt.

Es war Zeit, der Wahrheit ins Auge zu sehen. Wenn ich Karsten in der jetzigen Gewichtsklasse gegenüber trat, würde er unverzüglich seine Habe packen und mir überdies das Sorgerecht für Cleo entziehen lassen.

Diese ernüchternde Erkenntnis führte dazu, dass ich den Nachmittag mit ein paar Gymnastikübungen und einem Magerjoghurt begann. Dann entfernte ich alle fetthaltigen und ungesunden Lebensmittel aus dem Kühlschrank. Noch im Sportdress radelte ich zum Bioladen. Dort deckte ich mich mit Gemüse und Obst, sowie Dinkelbrot und vegetarischen Aufstrichen ein.

Mein nächstes Ziel war ein Buchladen. Hier erstand ich „Abnehmen mit Pilates“ sowie die DVD „Turnen Sie sich schlank - In vier Wochen zehn Kilo leichter". Da auch Cleo in dem Zeitfenster von sechs Wochen erschlanken musste, machte ich einen Abstecher in den Zoohandel, wo ich kalorienreduziertes Katzenfutter sowie eine Spielzeugmaus erwarb.

Von nun an holte ich dreimal in der Woche am Crosstrainer und beim Muskelaufbau-Training alles aus mir heraus. An den anderen Abenden mühte ich mich mit Pilatesübungen und Sit-ups auf dem Wohnzimmerteppich. Um mich vor plötzlichen Fressattacken zu schützen, schrieb ich Zettel mit Sprüchen wie „Stopp! Hände weg vom Kühlschrank!" und „Wie dick willst du noch werden?", die ich an der Kühlschranktür befestigte.

*

Das Projekt „Schlank für Karsten“ forderte nicht nur von mir, sondern auch von Cleos Seite Opfer. Die Zeiten, in denen das Futter im edlen Porzellannapf aufgetragen wurde, gehörten der Vergangenheit an.

Stattdessen musste Cleo ihre Essensration in Kombination mit sportlicher Aktivität verdienen. Ich bastelte einen kleinen Karton, den ich mit einer pfötchengroßen Öffnung versah und mit Trockenfutter füllte. Zuerst machte Cleo keine Anstalten ihre Pfote zu rühren, doch als sie erkannte, dass das die einzige Möglichkeit war um an das Mittagessen zu kommen, spielte sie mit. Das Abendessen präsentierte ich meinem kleinen Couchpotato in Form von Fitnessbällchen, die mit Hühnchen und Gemüse angereichert waren. Ich warf damit in der Wohnung herum und Cleo jagte hinterher. Durch diese Methoden verbrannte Cleo bereits beim Fressen Kalorien und auch ihr Jagdinstinkt, der sich schon seit Jahren zu Tode langweilte, wurde wieder aktiviert.

Mit der Spielzeugmaus, die ich spendiert hatte verfolgte ich die Absicht, Cleos körperlichen Einsatz weiter zu steigern. Doch nachdem meine Katzendame festgestellt hatte, dass die Maus nicht zum Verzehr geeignet war und sich auch nicht wehrte, wenn man ihr das Fell über die Ohren zog, bestrafte Cleo sie mit dem Tod durch Ertränken im Wassernapf.

*

Für Cleo und mich war es nicht leicht, Diät zu halten. Wir hatten herbe Rückschläge hinzunehmen und mehr als einmal standen wir kurz vor der Kapitulation. Wenn es nach mir gegangen wäre, hätten die Pfunde da bleiben können wo sie waren, und auch Cleo schien mit ihren weiblichen Rundungen mehr als zufrieden zu sein. Aber was tut man nicht alles für einen Mann?

Nach sechs Wochen waren wir, bis auf ein paar Gramm, wieder ganz die alten. Nichts erinnerte mehr an die beiden Dickerchen, die noch vor kurzem die meiste Zeit auf dem Sofa verbracht hatten.

Am Tag von Karstens Ankunft stand ich in einem schicken Hemdblusenkleid, High Heels und einem klopfendem Herzen in der Ankunftshalle des Flughafengebäudes.

Als Karsten mit einem breiten Grinsen auf mich zukam, bemerkte ich sofort die Veränderung. Er sah gut aus, doch sein Gesicht war fülliger. Als mein Blick seine Figur hinabwanderte war mir klar: Karsten hatte einige Kilo zugelegt. Wie sich herausstellte, hatte er sich während seines Aufenthalts an die kalorienreichere Lebensweise der Amerikaner gewöhnt und sogar Gefallen daran gefunden.

Nach einer ausgiebigen Begrüßung erklärte er mir seine neue Lebensmaxime: „Seit ich ein bisschen molliger bin, bin ich viel entspannter. Und stressen lasse ich mich von niemandem mehr."

Ich erinnerte mich an die Wochen des Verzichts, die Cleo und ich wegen diesem Mann auf uns genommen hatten. Wenn ich an die entgangenen Sahnetörtchen dachte, hätte ich mich ohrfeigen können.

„Aber was ist mit dir, Anna? Du bist ja völlig abgemagert. Hast du mich so sehr vermisst, dass du nichts mehr essen konntest?" Ungläubig ließ Karsten seine Hand über meine schlanken Hüften gleiten.

Was sollte ich darauf sagen? Statt mit Karsten

schnurstracks nach Hause zu fahren, hielt ich beim Italiener. Dort bestellte ich mir eine große Pizza Quattro Formaggio und als Nachtisch gönnte ich mir gleich eine doppelte Portion Tiramisu. Und während ich Karsten mit einem Glas Rotwein zuprostete schwor ich mir: Nie mehr werde ich für einen Mann hungern.

10

Wirbel um Theo

Als wir uns am frühen Morgen mit unserem altersschwachen VW-Bus von Köln aus auf die Reise begaben, ahnten wir noch nicht, dass wir einige Stunden später einen ungewöhnlichen Mitreisenden haben würden.

Unser Ziel war der Lago Maggiore, aber auf dem Weg dorthin wollten wir bei Onkel Horst, der in der Nähe von Rosenheim auf einem Bauernhof lebte, einen kurzen Zwischenstopp einlegen. Onkel Horst war das ganz recht, denn er hatte meiner Mutter am Telefon mitgeteilt, dass er ein kleines Problem hatte, bei dem sie ihm eventuell helfen könnte.

Gleich nach unserer Ankunft machte uns Onkel Horst mit seinem Problem bekannt.

„Ein Esel?" Ungläubig blickten Mutter und ich auf das dunkelgraue Tier, das seinen Kopf am Scheunentor rieb.

„Das ist Theo. Es ist eine rechte Plage mit ihm. Er

ist kratzbürstig wie eine Schwiegermutter und rennt alle nieder, die ihm ihr Hinterteil entgegen recken“, erklärte Onkel Horst. Mutter und ich lachten.

„Wenn ihr Theo am Hals hättet, würde euch das Grinsen bald vergehen. Was soll man mit einem Vieh, das vor niemandem Halt macht und sogar die Hühner in den Hintern tritt?“

Onkel Horst wandte sich direkt an meine Mutter: “Wenn du mir nicht helfen kannst Karin, dann bleibt mir nichts anderes übrig, als Theo schlachten zu lassen. Ich hab hier schließlich keinen Gnadenhof.“

Mutter streckte ihre Hand aus und ging langsam auf Theo zu. Sie begutachtete ihn fachmännisch von allen Seiten, während Theo neugierig seine Augen verdrehte. Mutter war Grundschullehrerin, aber da sie einen guten Draht zu Tieren hatte, half sie in ihrer Freizeit oft ehrenamtlich im Tierheim aus.

„Ich kann das gerne versuchen, Horst. Dazu muss ich allerdings Zeit mit Theo verbringen."

„Aber ihr reist doch morgen schon wieder ab", warf Onkel Horst ein.

„Dann nehmen wir Theo eben mit! Im Bus haben wir bestimmt noch ein Plätzchen für ihn frei und ein paar Heuballen kriegen wir auch noch unter. Was meinst du Pamela?"

„Das ist jetzt nicht dein Ernst?" Entsetzt starrte ich meine Mutter an. Ich hatte mich wohl verhört! Erst vor ein paar Wochen hatte ich mein Abi gemacht und nach dem ganzen Lernstress war ich froh, endlich ein paar Tage ausspannen zu können. Ein unkultivierter Zwergesel passte da ganz und gar nicht ins Konzept. Sollte sie doch gleich noch den Hofhund, eine Katze und den Hahn einpacken. Dann konnten wir als die Bremer Stadtmusikanten in der Fußgängerzone auftreten!

Im Gegensatz zu mir, war Onkel Horst von Mutters Idee ganz begeistert und versuchte, mir Theos Mitreise schmackhaft zu machen. „Theo ist wie eine Lebensversicherung für euch. Italien ist für allein reisende Frauen nicht unbedenklich. Aber wenn ihr Theo dabei habt, wird euch niemand etwas tun. Theo schlägt alle in die Flucht, das hat er schon oft genug bewiesen. Und wenn ihr wieder zurückkommt, ladet ihr ihn einfach wieder bei mir ab."

Esel statt Wachhund! Das war ja wohl das Dümmste, was ich je gehört hatte. In der Regel hatte ich nichts gegen Tiere, wenn sie nur weit genug von mir entfernt waren. In meinem bisherigen Leben gab es Vierfüßler nur in Form von leckeren Würsten, Schinken oder als Braten, und da zappelten sie nicht herum, sondern verhielten sich eher passiv. Theo entsprach ganz und gar nicht diesen Kriterien. Nach Onkel Horsts Schilderung war er störrisch und eigensinnig.

Den ganzen Abend versuchte ich Mutter von der Idee abzubringen, Theo mit nach Italien zu nehmen, doch sie war wild entschlossen, während unseres Urlaubs aus ihm ein brauchbares Mitglied der Gesellschaft zu machen.

*

Am nächsten Morgen waren wir früh auf den Beinen. Um für Theo Platz zu schaffen, musste das Gepäck etwas mehr zusammenrücken. Nachdem Onkel Horst Heu in den Bus geladen hatte, bugsierte er den Esel hinein. Meine Mutter war ganz beschwingt und auch Theo meldete sich mit einem fröhlichen Schrei zu Wort. Ich hingegen wäre am liebsten gleich wieder nach Köln zurückgefahren.

„Wenn Theo nur nicht so eine ländliche Duftnote verströmen würde", beschwerte ich mich nach ein paar Kilometern.

„Er riecht nicht schlimmer als das Parfüm, das du hin und wieder benutzt", erstickte Mutter meinen Einwand. Demonstrativ rümpfte ich die Nase und kurbelte das Seitenfenster hinunter.

Theo verhielt sich während der Fahrt zunächst sehr manierlich. Er glotzte neugierig aus dem Fenster und rieb seinen Kopf an der abgewetzten Rückenlehne. Doch nach einiger Zeit beschloss er, statt der Rückbank, den Fahrersitz für sich zu beanspruchen.

„Bleib wo du bist!" Mit aller Kraft drückte ich Theos Kopf nach hinten.

„Er darf auf keinen Fall nach vorne kommen, Pamela. Ein Esel am Steuer hätte uns gerade noch gefehlt." Mutters Augen wechselten besorgt zwischen der Fahrbahn und dem Geschehen, das sich neben ihr abspielte.

„Da ist ein Parkplatz." Mutter blinkte und fuhr auf den Seitenstreifen. Dann gab sie Theo einen Schubs, so dass er in den Heckraum zurückwich.

„Jetzt mal im Ernst, Mama. Irgendetwas stimmt doch nicht mit uns. Wer fährt schon mit einem verhaltensgestörten Esel in Urlaub?"

„Wir", antwortete Mutter und band Theo mit einem Strick an den Rücksitz. „Wenn wir Theo nicht helfen, wird Onkel Horst ihn schlachten lassen. Willst du das etwa verantworten?"

„Nein, natürlich nicht." Ich gab mich geschlagen. Meine Mutter hatte es mal wieder geschafft. Schon hatte ich ein schlechtes Gewissen.

Nachdem Theo von Mutter in die Schranken gewiesen worden war, legte er sich auf die Rückbank. Nach ein paar Minuten hörten wir ihn entspannt schnarchen. Die weitere Fahrt verlief daher ohne Zwischenfälle und am frühen Nachmittag kamen wir endlich am Ziel unserer Reise an.

Der Italiener in dem kleinen Pförtnerhäuschen

des Campingplatzes „Luigi il Lago“ staunte nicht schlecht, als Theo seinen Kopf aus dem geöffneten Fenster reckte.

„Was wolle Sie mit de Esel auf Campingplatz?“, fragte er.

„Das ist Theo, der gehört zu uns“, erklärte Mutter in einem Ton, der keinen Widerspruch duldete.

Dass ein Esel auf einem Campingplatz eine Unterkunft begehrte, schien den Mann leicht zu verwirren. Ich konnte es ihm nicht übelnehmen. Mir persönlich war auch niemand bekannt, der mit einem Esel zum Zelten ging.

Der Mann zögerte einen Moment, schaute meine Mutter noch einmal an und sagte dann: „Fahre Sie ganz nach hinte bis an de Zaun. Da könne Sie niemand störe. Und binde Sie de Tier an." Mutter nickte und gab Gas.

„Mein Gott Mama, ist das alles peinlich. Kein Wunder, dass die deutschen Urlauber nirgends auf der Welt gern gesehen sind."

Mutter grinste mich zufrieden an „Ich weiß gar nicht, was du hast. Es hat doch alles bestens geklappt."

Der Platzwart hatte uns die äußerste Parzelle am Zaun zugewiesen. Die nächsten Zelte standen etwa fünfzig Meter von uns entfernt, was uns ein gewisses Maß an Privatsphäre ermöglichte. Theo hatte offenbar genug vom Autofahren, denn als Mutter die Seitentür öffnete, konnte er es gar nicht erwarten auszusteigen. Dabei zog er so heftig an seinem Strick, dass er fast den Rücksitz aus der Verankerung gerissen hätte.

„Theo braucht dringend Wasser. Pamela sei doch so nett und hol ihm welches.“ Mutter hielt mir den Wassereimer hin und mit einem ergebenen Seufzen machte ich mich auf den Weg zu den Waschräumen.

Als ich wieder zurückkam, stand der Esel bereits angebunden unter dem großen Kastanienbaum. „Hier Theo.“ Lieblos stellte ich ihm den Wassereimer vor die Nase.

Mutter war gerade dabei unsere Zelte aufzustellen. In einem würden wir schlafen und das andere war zur Aufbewahrung unserer Kochgeräte und Lebensmittelvorräte gedacht. Während Mutter die Heringe in den Boden schlug, räumte ich den Bus aus. Immer wieder warf Mutter einen Blick auf ihren Schützling, der in der Zwischenzeit munter auf dem Heu herum kaute, das sie ihm als Ration zugeteilt hatte.

*

Die nächsten Tage verbrachte Mutter damit, Theo die Grundbegriffe des guten Benehmens beizubringen. Dazu gehörte, sich das Halfter anlegen zu lassen, ohne wegzurennen, an dem Fleck stehen zu bleiben, an dem man ihn abgestellt hatte und sich erst sein Fressen zu nehmen, wenn man es ihm erlaubte.

Unsere Nachbarn verfolgten amüsiert Mutters Bemühungen. Da ich keine Lust hatte, zum Gespött der Anderen zu werden, stellte ich meinen Liegestuhl diskret hinter dem Zelt auf und vergrub mich in meine Modemagazine.

Mutter füllte täglich einen Bewertungsbogen aus und dokumentierte darin Theos Verhalten, sowie die erreichten Fortschritte. Ich konnte an Theos Benehmen keine positive Veränderung feststellen. Auf mich wirkte er noch genauso egoistisch wie bei unserer Ankunft. Diese Einschätzung behielt ich aber lieber für mich.

Am fünften Ferientag wurde Mutters Geduld auf eine harte Probe gestellt. Wir hatten gerade zu Abend gegessen und während ich das Geschirr spülte, wollte Mutter Theo noch kurz mit einer kleinen Massage erfreuen. Aber Theo war weg. Er hatte den Pflock aus dem Boden gerissen und war abgehauen.

Wir suchten gerade den Campingplatz nach ihm ab, als uns einer der Zeltbewohner über Theos Verbleib informierte: „Wenn ihr euren Esel sucht, der ist zum Abendessen ins Royal Plaza gegangen."

Mutter hielt kurz die Luft an, so überraschend traf sie die Nachricht. Das Royal Plaza war der Nobelschuppen am Ort, ausschließlich die Hautevolee verkehrte dort. Mutter glaubte dem Mann zunächst nicht, doch der blieb bei seiner Behauptung: „Das ist kein Witz. Ich hab ihn selbst reingehen sehen."

*

Panik beherrschte die Hotelterrasse des Royal Plaza. Mein Blick fiel auf einen verängstigten Mann, der mit einem Sonnenschirm versuchte, sich Theo vom Leib zu halten. Ein aufgeregter Gast erzählte uns, dass die Leute gerade dabei waren eine Polonaise zu tanzen, als der wild gewordene Esel in die Menschenmenge hineinstürzte. Gemäß seinem Bericht stoben die edlen Gäste schreiend auseinander. Einige Damen fielen, ob der rüden Unterbrechung, in Ohnmacht, andere Herrschaften verbarrikadierten sich hinter Tischen und Stühlen. Als Theo das Abendbuffet stürmte, rief der Hotelmanager die Polizei. Theo bediente sich gerade an den Avocado-Thunfisch-Schnittchen, als meine Mutter ihn in Gewahrsam nahm. Da sie sich zunächst mit dem Hotelmanager auseinandersetzen musste wies sie mich an, Theo zum Zeltplatz zurückzubringen.

Etwa eine Stunde später ließ sich Mutter abgekämpft in den Gartenstuhl fallen. „Mann, war das ein Abend. Nach der Zahlung, die ich dem Manager für den angerichteten Schaden leisten musste, ist unsere Kreditkarte bis ans Limit ausgereizt. Bis zum Ende der Ferien gibt es für alle nur mehr Spagetti mit Ketchup."

„Na prima. Haben wir denn keine Versicherung?"

„Glaub mir Pamela, keine Versicherung der Welt kommt für einen randalierenden Esel auf, der zu allem Überfluss noch ausgeliehen ist."

Theos Auftritt im Royal Plaza hatte sich bei den Campern wie ein Lauffeuer herumgesprochen. Am Tag darauf kamen viele um den Esel zu sehen, der das Nobelhotel aufgemischt hatte. Für mich war der Urlaub ohnehin gelaufen. Seit dieses blöde Vieh in unser Leben getreten war, war nichts mehr, wie es war.

Meine Mutter ließ sich von dem Vorfall nicht entmutigen. Nach wie vor übte sie mit Theo die Benimmregeln, sprach ihm solange gut zu, bis sie heiser war und füllte eifrig ihre Bewertungsbögen aus. Da sie sich so intensiv mit Theo beschäftigte, wurde er richtig anhänglich. Wenn sie zum Joggen ging, lief er neben ihr her, wenn sie kochte, stand er neben ihr am Gasherd und nachts wäre er am liebsten mit ins Zelt gekrochen. Nur mein Veto verhinderte, dass es so weit kam.

*

An unserem vorletzten Abend saßen wir noch lange draußen und genossen den Sternenhimmel. Es war so gegen ein Uhr, als wir uns schlafen legten.

Irgendwann in der Nacht wurde die Stille von einem eigenartigen Knacken unterbrochen. Ich setzte mich auf und lauschte. Mein Herz pochte bis zum Hals. Irgendjemand schien draußen herumzuschleichen.

„Was ist los?“

„Ich glaube in der Nähe des Zeltes ist jemand“, antwortete ich leise.

Gähnend kroch Mutter zum Zeltausgang und spähte vorsichtig in die Nacht hinaus.

„Das wird Theo sein. Wahrscheinlich hat er sich losgerissen. Ich binde ihn mal wieder an, bevor er Dummheiten macht.“

Mutter griff nach der Taschenlampe und kletterte aus dem Zelt. Durch den Zeltstoff konnte ich den zarten Lichtschein erkennen, der sich in Richtung des Kastanienbaums bewegte, unter dem Theo zu schlafen pflegte.

Ich hörte Theos aufgeregte Schreie, offenbar wollte er sich nicht einfangen lassen. Mutter fluchte, dann war ein dumpfer Schlag zu vernehmen. Irgendetwas schien nicht zu stimmen. Ob Theo meine Mutter umgerannt hatte? Ängstlich kauerte ich mich in die Ecke des Zeltes. Dann hörte ich Mutters nervöse Stimme: „Pamela, komm raus und hilf mir."

So schnell ich konnte, schälte ich mich aus meinem Schlafsack und stolperte ins Freie. Meine Mutter stand in der Nähe des Kastanienbaums. Der Lichtstrahl der Taschenlampe war auf eine Gestalt gerichtet, die mit dem Gesicht nach unten im Gras lag. Theo thronte mit den Vorderbeinen auf dem Rücken des Unbekannten und blickte stolz in die Runde.

„Theo hat den Typen gestellt und ich hab ihm dann eins drüber gezogen. Er ist jetzt bewusstlos, aber wenn er aufwacht, ist er bestimmt nicht gut auf uns zu sprechen. Du musst unbedingt Verstärkung holen. Jemand soll die Polizei rufen."

Hilflos sah ich mich um. Mein Blick fiel auf den VW-Bus. Ich riss die Fahrertür auf und drückte auf die Hupe. Immer wieder erfüllte der grelle Laut die Nacht und schon nach wenigen Minuten waren alle, die in unmittelbarer Nähe von uns wohnten, auf den Beinen.

Kurz darauf rauschte die Polizei mit Blaulicht an. Der Einbrecher war in der Zwischenzeit wieder zu sich gekommen. Er lehnte am Baumstamm und hielt sich den Kopf. Zwei tätowierte Engländer bewachten ihn mit grimmiger Miene.

Es stellte sich heraus, dass der Ganove in dieser Nacht in eine ganze Reihe von Fahrzeugen eingedrungen war. Die Polizei konnte einen großen Sack mit Diebesgut sicherstellen, überwiegend Autoradios und CD-Player. Mit unserem alten Autoradio wollte er seine Kollektion wohl komplettieren. Pech für ihn, dass ihm plötzlich Theo gegenüberstand.

*

Am nächsten Tag veranstaltete die Campergemeinde uns zu Ehren eine Party. Luigi, der Besitzer des Campingplatzes, erklärte Theo zum offiziellen Maskottchen von „Luigi il Lago“. Der Esel wurde gestreichelt und geherzt und jeder steckte ihm eine Leckerei ins Maul. Auch Mutter und ich waren mächtig stolz auf Theo, der seiner Aufgabe als Bewacher in vorbildlicher Weise nachgekommen war.

Luigi war so angetan von Theos Qualitäten als Gangsterschreck, dass er ihn vom Fleck weg engagierte. Da sich Luigi von Theos Präsenz steigende Umsätze erwartete, bot er uns eine horrende Summe für ihn. Onkel Horst, den wir telefonisch über die Ereignisse informierten meinte, dass er schon immer gewusst habe, welch ein Potential in seinem Esel verborgen sei.

Knapp eine Stunde, nachdem wir Theo an Luigi übergeben hatten, strömten die Journalisten in Scharen auf den Campingplatz. Luigi gab Interviews und berichtete ausführlich darüber, wie Theo den Banditen zur Strecke gebracht hatte. Auch Theo schien der Medienrummel zu gefallen, denn es machte ihm sichtlich Spaß von allen Seiten fotografiert und getätschelt zu werden.

Und während wir am nächsten Morgen mit unserem klapprigen VW-Bus nach Hause zuckelten, blieb Theo in Italien zurück und machte dort als Schutzpatron des Campingplatzes „Luigi il Lago“ Karriere.

Der Hund

Herrchen ging mit mir spazieren,
ich genoss mein Glück.
Er warf ´nen Ball ins Gras,
den brachte ich zurück.

Nachdem er´s immer wieder tat,
da kam mir der Verdacht,
dass er den Ball nicht haben mag
und deshalb so was macht.

Herzlichen Dank

an Wolf, der das Buch in Form gebracht und mir mit seinen Anregungen zur Seite stand, an Helga, die auch für dieses Buch das Korrekturlesen übernommen hat und an Alex, der die Gedichte zu dem Buch geliefert hat.

Ein besonders herzliches Dankeschön an Herrn Pomplitz, von der Hamburger Akademie für Fernstudien, der mich von Irland aus mit konstruktiven Vorschlägen und Tipps unterstützt hat.

Von Claudia Edelmann ist ebenfalls erschienen:

Der fliegende Delphin-
Geschichten & Anekdoten
aus dem alten Konstanz,
Wartberg Verlag

ISBN: 978-3-8313-1911-4

Ende